Mauricio Aban

LO QUE OCULTA MI HERMANO 2

LIBRO 5

This is a work of fiction. Similarities to real people, places, or events are entirely coincidental.
Lo que oculta mi hermano 2
First edition. July 14, 2024
Copyright © 2024 Mauricio Aban.
Written by Mauricio Aban.

El sufrimiento, aunque oculto bajo capas de aparente normalidad, siempre encuentra su camino hacia la luz, donde se desata la verdadera tragedia.

Mauricio Aban

Prólogo: En la Sombra del Dolor

Mi nombre es Josh. Mi familia, a simple vista, era como cualquier otra. Éramos cinco: mis padres, Margaret y Edgar; mis dos hermanos, John y Fernando; y yo. Pero, detrás de las puertas cerradas de nuestra casa, había una sombra que lentamente se fue apoderando de nuestras vidas. Esa sombra tenía nombre, y era el dolor que dejó la muerte de mi hermano Fernando.

Fernando era el mayor de los tres. Siempre lo había admirado, no solo porque era mi hermano, sino porque era esa clase de persona que irradiaba una luz especial. Tenía una sonrisa que podía iluminar cualquier habitación y una capacidad única para hacer reír a todos a su alrededor. Sin embargo, detrás de esa fachada de felicidad, había un sufrimiento

que ni siquiera nosotros, su familia, supimos ver.

El día en que todo cambió fue uno de esos días que parecen ordinarios al principio. Estábamos en casa, preparándonos para la cena. Mamá estaba en la cocina, papá leía el periódico en el sofá, y mis otros hermanos y yo estábamos jugando en el jardín. No había ninguna señal de que algo estaba mal. No había ninguna advertencia del desastre que estaba por venir.

—Josh, Listo para la escuela—me dijo mamá desde la cocina. Dejé el balón y fui a ayudarla. Era una rutina, algo que hacía casi todos los días. Pero esa noche, la rutina se rompió de una manera que nunca olvidaré.

—¿Has visto a Fernando? —preguntó papá de repente, mirando alrededor.

—Debería estar en su cuarto —respondí sin pensar mucho en ello. Fernando solía pasar mucho tiempo en su cuarto, escuchando música o trabajando en sus proyectos de la universidad. Papá se levantó y fue a buscarlo y estaba descansando.

Al regresar de la escuela y verlo en la cocina está grabado en mi memoria como una serie de imágenes y sonidos caóticos. El grito de mi padre, un grito que nunca había escuchado antes, me hizo correr hacia la cocina. Cuando llegué, vi a mi padre arrodillado en el suelo, sosteniendo el cuerpo de mi hermano sufriendo. Pero en el hospital no pudieron salvarlo.

Los días que siguieron fueron un torbellino de emociones. El dolor, la culpa y la confusión se mezclaban en una tormenta que parecía no tener fin. Mamá no dejaba de llorar, y papá se sumergió en un

silencio sepulcral que me asustaba. Yo no entendía del todo lo que había pasado, pero podía sentir el cambio en el aire, la opresión del dolor que se había instalado en nuestra casa.

Una noche, mientras intentaba dormir, escuché a mis padres hablar en la sala. La puerta de mi habitación estaba entreabierta y sus voces llegaban amortiguadas pero claras.

—No puedo creer que no lo vimos venir —decía mi madre entre sollozos—. ¿Cómo pudimos estar tan ciegos? ¿Cómo no nos dimos cuenta de que estaba sufriendo tanto?

—No es tu culpa —respondió mi padre con voz cansada—. Todos estábamos tan ocupados con nuestras vidas. No teníamos idea...

—Pero deberíamos haberlo sabido. Somos sus padres —insistió ella—. Debimos haber estado más atentos, debimos haber hablado con él más a menudo…

—No sirve de nada culparse —dijo papá con una resignación amarga—. Ahora tenemos que encontrar una manera de seguir adelante, de vivir con esto.

Esas palabras resonaron en mi mente durante mucho tiempo. ¿Cómo podíamos vivir con esto? ¿Cómo podíamos seguir adelante cuando una parte tan vital de nuestra familia ya no estaba?

Con el tiempo, nos dimos cuenta de que no había una respuesta fácil. Cada uno de nosotros tuvo que encontrar su propia manera de lidiar con el dolor. Mamá comenzó a ver a un terapeuta y a involucrarse en grupos de apoyo para padres que habían perdido a sus hijos de

manera similar. Papá se refugiaba en su trabajo, usando el trabajo manual como una manera de escapar de sus pensamientos. Y yo, bueno, yo encontré consuelo en la escritura.

Escribir me permitió expresar lo que no podía decir en voz alta. Me permitió procesar mis emociones de una manera que me ayudó a seguir adelante. Pero también me dio la oportunidad de recordar a Fernando de la manera que quería, no solo como mi hermano que murió, sino como la persona increíble que fue en vida.

—¿Recuerdas cuando fuimos a la playa el verano pasado? —le dije a mamá un día mientras mirábamos fotos antiguas—. Fernando construyó ese castillo de arena gigante. Todos los niños del lugar estaban asombrados.

Ella sonrió, una sonrisa triste pero genuina.

—Sí, lo recuerdo. Era tan bueno con los niños. Siempre tenía tiempo para ellos.

—Y para nosotros también —añadí—. A veces pienso que debería haberle dicho lo mucho que lo admiraba, lo mucho que significaba para mí.

—Él lo sabía, Josh —dijo mamá, tomando mi mano—. Estoy segura de que lo sabía.

Esa conversación fue un pequeño paso hacia la sanación. Nos dimos cuenta de que hablar sobre Fernando, recordar los buenos momentos, era una manera de mantener su memoria viva. No iba a ser fácil, y el dolor nunca desaparecería por completo, pero podíamos aprender a vivir con él.

Poco a poco, nuestra familia comenzó a encontrar un nuevo equilibrio. Seguimos adelante, no porque quisiéramos olvidar, sino porque necesitábamos honrar la memoria de Fernando de la mejor manera posible: viviendo nuestras vidas de la manera más plena y significativa que pudiéramos.

Este libro es parte de ese proceso. Es mi manera de contar nuestra historia, de compartir el dolor y la esperanza, de recordar a mi hermano y de intentar entender el complejo laberinto de emociones que su pérdida dejó en nuestras vidas.

En la sombra del dolor, encontramos la luz de los recuerdos, y en esos recuerdos, encontramos la fuerza para seguir adelante.

Parte 1: Preguntas sin respuestas

Capítulo 1: El Día que Todo Cambió

El cielo estaba nublado la mañana del funeral de Fernando. Parecía que incluso la naturaleza se había alineado con nuestro dolor, cubriendo el mundo en una manta gris y opresiva. Me levanté temprano, más por inercia que por otra cosa. No había dormido bien desde que encontré a Fernando en su cuarto. Desde entonces, todo había sido un borrón de tristeza y confusión.

John, mi hermano menor, estaba en la cocina cuando bajé. Se veía pálido y con los ojos hinchados por el llanto. Me acerqué y le di una palmadita en el hombro.

—¿Cómo estás? —le pregunté, aunque sabía que la respuesta sería la misma que la mía: no estaba bien.

—No lo sé, Josh —respondió John, su voz apenas un susurro—. Todo esto parece irreal.

Asentí, compartiendo su sentimiento. Mamá y papá estaban en su habitación, preparándose. Podía escuchar a mamá sollozando de vez en cuando, y papá susurrando palabras de consuelo que parecían vacías.

Nos vestimos en silencio, cada uno lidiando con su dolor de la mejor manera que podía. Me puse un traje negro, el mismo que había usado en la última ceremonia de la escuela. Nunca pensé que la próxima vez que lo usara sería para despedir a mi hermano.

El viaje a la iglesia fue silencioso. John y yo estábamos en el asiento trasero, mirando por las ventanas, cada uno perdido en sus pensamientos. Mamá y papá no dijeron una palabra, sus rostros eran máscaras de dolor.

Al llegar a la iglesia, la vista del ataúd me golpeó como una bofetada. Allí estaba, en el centro del altar, rodeado de flores y velas. La gente comenzó a llegar, ofreciendo sus condolencias con abrazos y palabras amables que parecían huecas en ese momento. Familiares, amigos, compañeros de universidad de Fernando... todos estaban allí, todos compartiendo nuestro dolor.

Me acerqué a John y le tomé la mano. Necesitaba sentir algún tipo de conexión, algo que me anclara a la realidad.

—Vamos a estar bien —le dije, más para convencerme a mí mismo que a él.

—Espero que sí —respondió John, apretando mi mano.

La ceremonia fue un borrón de discursos y oraciones. El sacerdote habló sobre la vida de Fernando, sobre su espíritu amable y su sonrisa contagiosa. Sentí un nudo en la garganta cada vez que mencionaban su nombre, como si mi cuerpo rechazara aceptar lo que estaba pasando.

Después de la misa, nos dirigimos al cementerio. El día se volvió aún más sombrío si eso era posible. Las nubes se habían oscurecido y un viento frío soplaba a través de los árboles, haciendo que las hojas susurraran inquietantemente.

En el cementerio, nos reunimos alrededor de la tumba. El ataúd de Fernando fue

bajado lentamente al suelo. Mamá rompió en llanto, sosteniéndose en papá para no caer. John estaba a mi lado, sus hombros temblando de manera incontrolable.

—Adiós, hermano —susurré, sintiendo las lágrimas correr por mis mejillas.

Las palabras de despedida se ahogaron en mi garganta mientras el sacerdote recitaba las últimas oraciones. La tierra comenzó a cubrir el ataúd, y con cada palada de tierra sentí como si estuvieran enterrando una parte de mí.

Cuando todo terminó, la gente comenzó a dispersarse, murmurando palabras de consuelo y abrazándonos. Me sentía vacío, como si el mundo hubiera perdido todo color y sonido. John y yo nos quedamos un momento más, mirando la tumba recién cubierta.

—Fernando habría odiado todo esto —dijo John de repente, rompiendo el silencio.

—Lo sé —respondí—. Odiaba las formalidades. Pero se merece que lo recordemos así, con toda esta gente que lo amaba.

John asintió, secándose las lágrimas con el dorso de la mano.

—Voy a extrañarlo tanto, Josh. Él siempre sabía qué decir, siempre estaba ahí para nosotros.

—Yo también lo voy a extrañar —dije, mi voz quebrándose—. Pero tenemos que seguir adelante. Por él.

John me miró, sus ojos llenos de una determinación que no había visto en él antes.

—Tienes razón. Vamos a honrar su memoria viviendo nuestras vidas de la mejor manera posible.

Nos quedamos allí un rato más, en silencio, cada uno sumido en sus pensamientos. Finalmente, nos dirigimos de vuelta al coche, donde nuestros padres ya nos esperaban.

El camino de regreso a casa fue igual de silencioso. El peso de la ausencia de Fernando se sentía en el aire, como una presencia invisible pero opresiva. Al llegar, mamá fue directamente a su habitación, mientras papá se quedó en la sala, mirando una fotografía de Fernando con una expresión vacía.

John y yo fuimos a mi cuarto. Nos sentamos en la cama, sin saber realmente qué hacer o decir.

—¿Recuerdas cuando Fernando nos llevó a pescar el verano pasado? —preguntó John de repente, rompiendo el silencio.

—Sí, claro. Se nos rompió la caña y terminamos comprando pescado en el mercado para que mamá no se enojara —respondí, esbozando una pequeña sonrisa al recordar aquel día.

—Eso fue idea de Fernando —dijo John—. Siempre tenía una solución para todo.

—Sí —asentí—. Él siempre estaba ahí para nosotros. Y ahora, nosotros tenemos que estar ahí el uno para el otro.

John me miró y asintió lentamente.

—Lo prometo, Josh. Vamos a salir de esto juntos.

Nos abrazamos, buscando consuelo en la cercanía del otro. El dolor no desaparecería, lo sabíamos. Pero al menos, podíamos enfrentarlo juntos. Ese día cambió nuestras vidas para siempre, pero también nos unió de una manera que nunca habríamos imaginado.

En los días siguientes, comenzamos a encontrar una nueva rutina, una que incluía la ausencia de Fernando pero también su memoria. No sería fácil, pero sabíamos que, de alguna manera, encontraríamos la manera de seguir adelante. Por él.

Capítulo 2: Recuerdos de Infancia

Sentado en el borde de la cama de Fernando, observando la habitación vacía, no podía evitar que los recuerdos de nuestra infancia me invadieran. Cada rincón de esta habitación me hablaba de momentos compartidos, de risas y complicidades. Fernando y John habían sido más que mis hermanos; habían sido mis mejores amigos.

Flashback 1: El Patio Trasero

—¡Vamos, Josh! —gritó Fernando, su voz llena de entusiasmo.

Tenía ocho años, y mis hermanos y yo estábamos en el patio trasero de nuestra casa, construyendo una casa en el árbol. Era una de las primeras veces que papá

nos dejaba hacerlo solos. Fernando, con sus once años, se tomaba muy en serio su papel de líder.

—John, pásame los clavos —pidió Fernando, extendiendo la mano.

—Aquí tienes —dijo John, que solo tenía un año menos que Fernando, entregándole una caja llena de clavos.

Yo observaba, fascinado por la habilidad con que Fernando martillaba los clavos en la madera. Aunque era el más pequeño, me asignaron la tarea de sostener la escalera.

—Ojalá algún día sea tan bueno como tú construyendo cosas —le dije a Fernando.

Él sonrió, deteniéndose un momento para mirarme.

—Con práctica, Josh, serás incluso mejor —dijo—. Pero recuerda siempre hacerlo con cuidado. No queremos que te lastimes.

Esa casa en el árbol se convirtió en nuestro refugio, un lugar donde pasábamos horas inventando historias y aventuras. Fernando siempre era el héroe, John el estratega y yo el explorador. Esos días en el patio trasero, con las manos sucias de tierra y madera, eran momentos de pura felicidad.

Flashback 2: La Playa

—¡Miren el castillo de arena que hicimos! —exclamó John, señalando nuestra creación con orgullo.

Estábamos en la playa durante las vacaciones de verano. Fernando, John y yo habíamos pasado toda la mañana

construyendo un castillo de arena gigante. Fernando, con su usual perfeccionismo, había diseñado torres y murallas, mientras John y yo lo ayudábamos a dar forma a los detalles.

—Es impresionante —dijo mamá, tomando una foto.

—¡Ojalá pudiera vivir en un castillo como este! —dije, mirando las torres con admiración.

—Tal vez algún día, Josh —respondió Fernando, con una sonrisa—. Pero por ahora, tenemos que defender nuestro castillo de las olas.

Nos reímos mientras el agua comenzaba a acercarse. Fernando y John intentaron reforzar las murallas, pero la marea alta era implacable. Nos quedamos mirando cómo nuestro castillo se desmoronaba,

pero no importaba. Lo habíamos construido juntos, y eso era lo que realmente contaba.

Flashback 3: La Competencia de Bicicletas

—¡Vamos a hacer una carrera! —propuso John un día de verano.

Habíamos salido con nuestras bicicletas al parque cercano. Fernando siempre había sido el más rápido de los tres, y esa vez no fue la excepción.

—¿Listos? —preguntó Fernando, alineándonos en la línea de salida improvisada.

—¡Listos! —respondimos John y yo al unísono.

Fernando dio la señal y comenzamos a pedalear con todas nuestras fuerzas.

Sentía el viento en la cara, y la risa de mis hermanos resonaba a mi lado. Fernando iba adelante, seguido de cerca por John. Yo, como siempre, me quedaba un poco atrás, pero no me importaba.

—¡Vamos, Josh, puedes hacerlo! —gritó Fernando, volteándose para animarme.

Eso me dio fuerzas para pedalear más rápido. Aunque no gané la carrera, la alegría de ese día quedó grabada en mi memoria. Al final, nos tiramos en la hierba, exhaustos pero felices.

—Algún día te ganaré —dije entre risas.

—Estoy seguro de que lo harás —respondió Fernando, dándome una palmadita en el hombro.

Flashback 4: Noche de Películas

Una de nuestras tradiciones favoritas era la noche de películas. Nos amontonábamos en el sofá de la sala, con un bol gigante de palomitas entre nosotros. Fernando siempre escogía las mejores películas de aventuras, mientras John y yo peleábamos por el control remoto.

—Esta noche, veamos "Indiana Jones" —sugirió Fernando, sosteniendo el DVD.

—¡Sí! —exclamé, emocionado—. Me encanta esa película.

Nos acomodamos en el sofá, y Fernando comenzó a contar detalles sobre las escenas, como siempre hacía.

—¿Sabías que Harrison Ford hizo muchas de sus propias acrobacias? —dijo, sonriendo.

—¡Eso es increíble! —respondí, admirado.

Las noches de películas eran especiales porque eran momentos de conexión. Incluso papá se unía a veces, y todos nos reíamos y comentábamos cada escena. Fernando siempre hacía que cada película fuera una experiencia inolvidable.

Volviendo al Presente

De vuelta en la habitación de Fernando, me encontraba rodeado de esos recuerdos. Me dolía saber que nunca más construiríamos casas en el árbol, ni haríamos castillos de arena, ni competiríamos en carreras de bicicletas, ni disfrutaríamos de nuestras noches de películas. Pero también me consolaba pensar que había tenido la suerte de tener un hermano mayor como él.

John entró en la habitación, interrumpiendo mis pensamientos. Llevaba una caja de cartón con algunas de las cosas de Fernando.

—Pensé que podríamos empezar a guardar algunas cosas —dijo, su voz temblando un poco.

—Sí, claro —respondí, levantándome—. Empecemos con sus libros.

Comenzamos a sacar libros de las estanterías, recordando cada uno de ellos. Algunos estaban llenos de notas y marcas que Fernando había dejado.

—¿Recuerdas cuando leyó "El señor de los anillos"? —preguntó John, sosteniendo el libro.

—Claro —respondí, sonriendo—. Pasó todo un verano hablándonos sobre hobbits

y elfos. Incluso intentó enseñarme a hablar élfico.

John rió, aunque había tristeza en sus ojos.

—Sí, y cuando finalmente terminamos de ver las películas, hizo una maratón de comentarios. Me encantaba eso de él. Siempre tenía algo interesante que decir.

Seguimos guardando cosas, cada objeto evocando un nuevo recuerdo. Aunque el dolor de su pérdida seguía ahí, también sentíamos una especie de consuelo en esos momentos compartidos.

—Josh —dijo John de repente, deteniéndose—. Prometamos que nunca olvidaremos estos momentos. Fernando siempre será parte de nosotros.

—Lo prometo —respondí, mirando a John a los ojos—. Nunca lo olvidaremos.

Nos abrazamos, sabiendo que, aunque el futuro sería difícil, tendríamos estos recuerdos para ayudarnos a seguir adelante. Fernando siempre estaría con nosotros, en nuestros corazones y en nuestras memorias, guiándonos con su luz y su amor incondicional.

Capítulo 3: El Enigma del Sufrimiento

Sentado en la mesa de la cocina, con una taza de café entre las manos, miraba la luz de la mañana filtrarse por las cortinas. Desde la muerte de Fernando, había una pregunta que no dejaba de rondar mi mente: ¿por qué? ¿Qué lo había llevado a elegir un camino tan oscuro y definitivo? Sentía una necesidad urgente de entender, de encontrar algún tipo de respuesta que pudiera aliviar el peso de su ausencia.

Mamá entró en la cocina, sus ojos aún hinchados por el llanto. Se movía como en piloto automático, preparando café y tostadas, tratando de mantener alguna semblanza de normalidad.

—Mamá, ¿puedo preguntarte algo? —dije, rompiendo el silencio.

Ella me miró, sorprendida por mi tono serio.

—Claro, Josh. ¿Qué sucede?

—He estado pensando mucho en Fernando. En por qué hizo lo que hizo. ¿Tú tienes alguna idea? —pregunté, mi voz temblando ligeramente.

Mamá suspiró y se sentó frente a mí, tomando mi mano.

—Josh, todos nos estamos haciendo esa misma pregunta. Fernando siempre fue tan bueno ocultando su dolor. A veces creo que estaba tratando de protegernos, de no preocuparnos. Pero la verdad es que no sé por qué lo hizo.

Sentí un nudo en la garganta al escuchar sus palabras. Quería desesperadamente una respuesta, algo que pudiera darle sentido a todo esto.

—¿Y papá? ¿Él ha dicho algo? —pregunté, tratando de encontrar algún indicio en el comportamiento de mi padre.

—Tu padre... —empezó mamá, vacilante—. Él también está luchando para entender. Ha estado tan cerrado en sí mismo. Creo que siente mucha culpa, como si hubiera fallado de alguna manera.

Antes de que pudiera decir algo más, John entró en la cocina, su expresión igual de abatida que la nuestra. Nos miró y, sin decir nada, se sentó a nuestro lado.

—John, ¿tú qué piensas? —le pregunté, buscando su perspectiva.

John suspiró y se pasó una mano por el cabello.

—He estado tratando de recordar cualquier señal, cualquier cosa que pudiera haber indicado que Fernando estaba sufriendo. Pero no encuentro nada claro. Era bueno ocultándolo.

Nos quedamos en silencio por un momento, cada uno sumido en sus propios pensamientos.

—Tal vez deberíamos hablar con algunas de sus amistades —sugirió mamá de repente—. Quizás ellos sepan algo que nosotros no.

La idea me pareció buena. Fernando tenía un grupo de amigos cercanos, personas que podrían haber visto un lado de él que nosotros no conocíamos. Decidimos empezar por Sam, su mejor amigo desde la infancia.

Más tarde ese día, John y yo fuimos a la casa de Sam. Nos recibió con una expresión de tristeza y preocupación.

—Josh, John, lo siento mucho por lo de Fernando —dijo Sam, abrazándonos a ambos.

—Gracias, Sam —respondí—. Queríamos hablar contigo sobre Fernando, sobre si notaste algo extraño en él últimamente.

Sam nos invitó a pasar y nos sentamos en su sala. Su madre nos trajo algo de beber, y luego nos dejó solos para hablar.

—Fernando era mi mejor amigo —empezó Sam, mirando su vaso—. Últimamente había estado un poco más callado, más reservado. Pero pensé que solo estaba estresado por la universidad. Nunca imaginé que podría estar tan mal.

—¿Dijo algo sobre cómo se sentía? ¿Mencionó algún problema específico? —preguntó John, ansioso por obtener respuestas.

Sam negó con la cabeza.

—Hablamos algunas veces sobre el estrés y la presión de los estudios, pero nunca me dio a entender que estaba sufriendo tanto. Si lo hubiera sabido, habría hecho algo, habría tratado de ayudarlo.

La frustración en la voz de Sam reflejaba lo que todos sentíamos. Habíamos estado tan cerca de Fernando, pero de alguna manera no habíamos visto su dolor.

—Gracias, Sam —dije, sintiendo que habíamos llegado a un callejón sin salida—

. Si recuerdas algo más, por favor, háznoslo saber.

De regreso a casa, me sentía más confundido que antes. Habíamos esperado encontrar alguna pista en las palabras de Sam, pero todo seguía siendo un enigma.

Esa noche, no pude dormir. Me levanté y me dirigí a la habitación de Fernando, buscando algo, cualquier cosa que pudiera darme una respuesta. Revisé sus libros, sus cuadernos, buscando alguna señal de su sufrimiento.

En uno de los cajones, encontré un diario. Nunca supe que Fernando tenía un diario. Sentí una mezcla de esperanza y temor mientras lo abría. ¿Qué encontraría allí? ¿Respuestas? ¿Más preguntas?

Pasé las páginas, leyendo sus pensamientos y sentimientos. Algunas entradas eran alegres, hablando de amigos y momentos felices. Pero otras eran oscuras, llenas de desesperación y angustia que nunca mostró a nadie.

Una entrada en particular me llamó la atención:

"Hoy fue un día difícil. Me siento abrumado por todo. Intento mantener la sonrisa, pero dentro de mí, todo se desmorona. No quiero preocupar a Josh o John, no quiero que mamá y papá se sientan responsables. Pero no sé cuánto más puedo soportar esto."

Las lágrimas nublaron mi vista mientras leía las palabras de Fernando. Había estado sufriendo tanto, y nosotros no nos dimos cuenta.

Llevé el diario a la cocina, donde mamá y papá aún estaban despiertos, hablando en voz baja. Les mostré la entrada, y juntos leímos las palabras de Fernando.

—Él estaba tratando de protegernos —dijo mamá, su voz quebrada—. No quería que supiéramos lo mal que estaba.

—Fernando siempre fue así —dijo papá, con los ojos llenos de lágrimas—. Siempre pensando en los demás, incluso cuando debería haber pensado en sí mismo.

Nos abrazamos, encontrando consuelo en nuestra unidad. Sabíamos que no podríamos cambiar el pasado, pero podíamos aprender de él. Fernando nos había dejado un legado de amor y cuidado, y teníamos que honrarlo cuidándonos los unos a los otros.

El enigma del sufrimiento de Fernando nunca tendría una respuesta completa, pero entendimos que a veces, las personas

Capítulo 4: Entre Sombras y Silencios

Los días se sucedían en una bruma de tristeza y reflexión. Desde que encontramos el diario de Fernando, no dejaba de pensar en todas las señales que, en retrospectiva, habíamos pasado por alto. Mi mente volvía una y otra vez a esos momentos, intentando entender cómo no habíamos visto el dolor de mi hermano. Sentía que cada rincón de la casa guardaba un secreto, una sombra de su sufrimiento.

Una tarde, mientras miraba por la ventana del salón, John se sentó a mi lado. No necesitábamos palabras para entendernos; el dolor y la culpa se reflejaban en nuestros ojos.

—Josh —dijo finalmente, rompiendo el silencio—, he estado pensando en todo esto. En todas las veces que Fernando se quedó en su habitación, diciendo que estaba cansado o que tenía que estudiar. Nunca pensé que podría estar sufriendo de esa manera.

Asentí, sintiendo un nudo en la garganta.

—Lo sé, John. Yo también he estado recordando momentos. Como aquella vez que se saltó la cena familiar diciendo que tenía mucho trabajo. O cuando canceló sus planes con sus amigos de repente. Nunca lo cuestionamos realmente. Pensamos que solo estaba ocupado o estresado.

John bajó la mirada, sus dedos jugueteando nerviosamente con una hebra de su camiseta.

—Recuerdo una vez que lo encontré llorando en el garaje. Me dijo que era por una película triste que había visto. Lo creí sin cuestionarlo. Ahora me doy cuenta de que debí haber insistido, haber preguntado más.

La culpa se instalaba en cada palabra que pronunciábamos. Nos aferrábamos a los recuerdos, buscando desesperadamente pistas que nos permitieran entender su sufrimiento.

—¿Crees que lo hicimos sentir solo? —pregunté, mi voz temblando.

John me miró, sus ojos llenos de tristeza.

—No lo sé, Josh. Hicimos lo mejor que pudimos con lo que sabíamos. Pero creo que Fernando no quería que viéramos su dolor. Tal vez pensaba que nos protegería así.

Unos días después, decidí hablar con la consejera de la escuela, la señora Thompson. Ella había sido amiga de la familia durante años y siempre había tenido una conexión especial con Fernando. Pensé que tal vez podría ofrecer alguna perspectiva.

Me recibió en su despacho con una sonrisa triste.

—Josh, lamento mucho lo de Fernando —dijo, invitándome a sentarme—. Era un joven extraordinario.

—Gracias, señora Thompson —respondí, sintiendo las lágrimas arder en mis ojos—. He estado pensando mucho en él, en lo que pudo haber estado pasando por su mente. ¿Notó algo extraño en su comportamiento? Algo que pueda ayudarnos a entender.

La señora Thompson suspiró, sus manos cruzadas sobre el escritorio.

—Fernando era un estudiante brillante, pero también llevaba una carga pesada. A veces me hablaba sobre la presión que sentía para cumplir con las expectativas, tanto en la escuela como en casa. Era muy autocrítico.

Asentí, recordando cuán perfeccionista era Fernando.

—Siempre quería hacerlo todo perfecto —dije—. Pero nunca nos dijo cuánto le afectaba.

—Muchas veces, aquellos que parecen tener todo bajo control son los que más luchan en silencio —respondió la señora

Thompson—. Fernando era muy reservado con sus emociones. Siempre decía que estaba bien, incluso cuando yo podía ver que no lo estaba.

—¿Le habló alguna vez sobre sentirse deprimido o ansioso? —pregunté.

—Mencionó sentirse abrumado en algunas ocasiones, pero siempre minimizaba sus sentimientos. Decía que lo tenía bajo control, que podía manejarlo.

Me sentí abrumado por la impotencia. Fernando había estado sufriendo tanto y había escondido su dolor detrás de una fachada de control y competencia.

—Quiero hacer algo para honrar su memoria —dije, sintiendo la necesidad de actuar—. No quiero que su sufrimiento sea en vano. Quiero ayudar a otros que puedan estar pasando por lo mismo.

La señora Thompson sonrió, aunque sus ojos seguían tristes.

—Eso es un hermoso gesto, Josh. Podemos trabajar juntos para crear un programa de apoyo emocional en la escuela, algo que anime a los estudiantes a hablar sobre sus sentimientos y buscar ayuda cuando la necesiten.

La idea me llenó de una renovada determinación. Quizás no había podido salvar a Fernando, pero podía intentar evitar que otros sufrieran en silencio como él.

Esa noche, durante la cena, compartí mi conversación con la señora Thompson con mi familia.

—Quiero crear un programa de apoyo emocional en la escuela en memoria de

Fernando —dije, mirando a mamá, papá y John—. Algo que anime a los estudiantes a hablar sobre sus sentimientos y buscar ayuda.

Mamá sonrió, sus ojos llenos de orgullo.

—Es una idea maravillosa, Josh. Fernando estaría muy orgulloso de ti.

Papá asintió, su voz cargada de emoción.

—Apoyaremos cualquier cosa que necesites. Es una manera hermosa de honrar a tu hermano.

John me miró, su tristeza mezclada con admiración.

—Estoy contigo, Josh. Lo que sea necesario.

En los días siguientes, trabajamos con la señora Thompson para desarrollar el programa. Nos reunimos con otros estudiantes, profesores y consejeros para compartir ideas y planificar actividades. Quería que el programa fuera un espacio seguro donde todos pudieran hablar abiertamente sobre sus emociones.

Mientras avanzábamos en el proyecto, empecé a notar cambios en mi propio proceso de duelo. Hablar sobre Fernando y su sufrimiento, y trabajar para ayudar a otros, me ayudaba a encontrar algo de paz. No era un consuelo completo, pero era un paso hacia adelante.

Una tarde, mientras revisábamos algunos materiales en la sala, John se volvió hacia mí.

—¿Sabes, Josh? Creo que Fernando estaría orgulloso de lo que estamos haciendo. Siempre quiso ayudar a los demás, incluso cuando no sabía cómo pedir ayuda para sí mismo.

Asentí, sintiendo una calidez en mi pecho.

—Sí, John. Creo que estamos haciendo algo importante. Y aunque nunca podremos llenar el vacío que dejó, podemos mantener viva su memoria ayudando a otros.

Seguimos trabajando hasta tarde, nuestras conversaciones llenas de recuerdos y planes. Entre las sombras y los silencios, empezábamos a encontrar luz y voz. Y en ese proceso, Fernando seguía con nosotros, guiándonos con su amor eterno.

Capítulo 5: El Peso del Remordimiento

Las noches eran las peores. A solas con mis pensamientos, el remordimiento me golpeaba con una fuerza implacable. ¿Cómo no había visto las señales? ¿Cómo pude estar tan ciego al sufrimiento de Fernando? Me revolvía en la cama, buscando respuestas que parecían imposibles de encontrar.

Un viernes por la tarde, mientras John y yo limpiábamos el garaje, el peso de mis pensamientos se hizo insoportable. Estaba moviendo una caja cuando de repente la dejé caer y me desplomé sobre una silla cercana, incapaz de contener mis emociones.

—Josh, ¿estás bien? —preguntó John, deteniéndose para mirarme con preocupación.

Negué con la cabeza, sintiendo las lágrimas brotar.

—No, John. No estoy bien. No puedo dejar de pensar en Fernando. Me siento tan culpable por no haber visto lo que estaba pasando. ¿Cómo pude ser tan ciego?

John se acercó y se sentó a mi lado, poniendo una mano en mi hombro.

—No fue tu culpa, Josh. Fernando era muy bueno ocultando su dolor. No podías saberlo.

—Pero debí haberlo visto —dije, mi voz quebrándose—. Había señales. Lo recuerdo ahora, en retrospectiva. Los días que se encerraba en su habitación, las veces que cancelaba planes de repente. Pero no hice nada. No le pregunté si estaba bien de verdad. Solo acepté sus excusas.

John suspiró y miró al suelo, su rostro reflejando el mismo dolor que yo sentía.

—Yo también me siento culpable, Josh. Todos lo hacemos. Pero no podemos cambiar el pasado. Solo podemos aprender de él.

—Lo sé, pero eso no hace que duela menos —respondí, mi voz apenas un susurro.

Unos días después, en una de nuestras reuniones familiares, me atreví a expresar mis sentimientos de culpa abiertamente. Nos sentamos en la sala, con las fotos de Fernando mirándonos desde las paredes.

—Quiero hablar de algo —dije, rompiendo el silencio—. Me siento... responsable, de alguna manera, por no haber visto el sufrimiento de Fernando. No puedo dejar de pensar en todas las veces que podría haber hecho algo y no lo hice.

Mamá me miró, sus ojos llenos de comprensión y tristeza.

—Josh, todos nos sentimos así. Todos nos preguntamos qué podríamos haber hecho diferente. Pero Fernando no quería que supiéramos. Estaba protegiéndonos, o eso pensaba él. No puedes cargar con toda la culpa.

Papá, que había estado en silencio, finalmente habló, su voz ronca de emoción.

—Fernando siempre fue muy independiente, muy reservado con sus problemas. Pensaba que podía manejar todo por sí mismo. Nunca imaginé que estuviera tan mal. Pero, Josh, no podemos vivir en el pasado. Debemos honrar su memoria de una manera que ayude a otros.

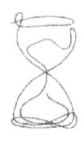

Asentí, aunque el peso del remordimiento seguía siendo abrumador.

Más tarde, esa misma noche, fui a mi habitación y me encerré. Miré alrededor, mis ojos recorriendo las fotos y los recuerdos que compartíamos. Me sentía atrapado en una prisión de "qué hubiera pasado si...".

Decidí llamar a Sam, esperando que hablar con alguien que también conocía a Fernando pudiera ayudar. Después de un par de tonos, Sam contestó, su voz sonando cansada pero amable.

—Hola, Josh. ¿Cómo estás?

—He tenido días mejores, Sam —admití—. Quería hablar contigo sobre algo. Me siento… responsable, por no haber visto las señales de Fernando. No puedo dejar de pensar en eso.

Hubo un silencio al otro lado de la línea, y luego Sam habló con una voz suave.

—Josh, entiendo cómo te sientes. Yo también me he estado culpando por no haber visto lo que estaba pasando. Pero tenemos que recordar que Fernando era un experto en ocultar su dolor. No podemos castigarnos por no haber sabido algo que él no quería que supiéramos.

—Pero eso no cambia el hecho de que ahora él no está aquí —dije, mi voz quebrándose—. Y nosotros seguimos adelante, intentando recoger los pedazos.

Sam suspiró, su voz llena de empatía.

—Lo sé, amigo. Es difícil. Pero estamos haciendo lo mejor que podemos. Y sabes, creo que Fernando querría que encontremos una manera de seguir adelante sin él, pero recordándolo siempre. Honrando su memoria de la mejor manera posible.

Hablamos un rato más, compartiendo recuerdos y consolándonos mutuamente. Colgué sintiéndome un poco mejor, aunque el remordimiento seguía ahí, como un peso constante.

A la mañana siguiente, decidí visitar la tumba de Fernando. Sentía que necesitaba hablar con él, aunque solo fuera de una manera simbólica. Tomé algunas flores y caminé hasta el cementerio, el aire fresco de la mañana calmándome un poco.

Cuando llegué a su tumba, me arrodillé y coloqué las flores sobre la tierra. Las lágrimas cayeron libremente mientras hablaba en voz baja.

—Fernando, lo siento tanto. Siento no haber visto tu dolor, no haber hecho más. Te extraño cada día, y desearía poder retroceder el tiempo para ayudarte de alguna manera. Pero prometo que haré todo lo posible para honrar tu memoria. Ayudaré a otros, hablaré de ti y de lo increíble que eras. Siempre estarás en mi corazón, hermano.

Me quedé allí un rato, dejando que las lágrimas cayeran y sintiendo una leve sensación de alivio al expresar mis sentimientos. Al final, me levanté y me dirigí a casa, decidido a seguir adelante y a hacer algo significativo en memoria de Fernando.

Más tarde, en casa, le conté a mamá y papá sobre mi visita al cementerio.

—Creo que fue lo correcto —dijo mamá, con una sonrisa triste—. Fernando siempre estará con nosotros, en nuestras memorias y en nuestros corazones.

Papá asintió, poniendo una mano en mi hombro.

—Josh, estamos orgullosos de ti. Has mostrado mucha fortaleza en estos tiempos difíciles. Juntos, como familia, encontraremos la manera de seguir adelante.

John se acercó y me abrazó.

—Y recuerda, siempre estaremos aquí el uno para el otro. No tienes que cargar con esto solo.

Me sentí agradecido por el apoyo de mi familia. Sabía que el remordimiento no desaparecería de un día para otro, pero también sabía que no estaba solo en esto. Con el tiempo, aprenderíamos a vivir con el dolor y a encontrar maneras de honrar a Fernando, asegurándonos de que su memoria y su espíritu siempre estuvieran presentes en nuestras vidas.

Capítulo 6: En Busca de Respuestas

Desde que decidí investigar las circunstancias que llevaron a Fernando a su trágico final, mi vida había adquirido un nuevo propósito. Necesitaba entender qué había pasado por su mente en esos últimos días, semanas, meses. ¿Qué lo había llevado a tomar una decisión tan definitiva? Con cada día que pasaba, sentía que me acercaba más a las respuestas, aunque a veces parecían esquivas como sombras en la oscuridad.

Una mañana, mientras desayunábamos, decidí hablar con mis padres sobre mi intención de profundizar en la vida de Fernando, de hablar con sus amigos y compañeros, y de buscar respuestas en cualquier lugar donde pudiera encontrarlas.

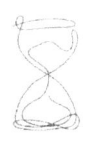

—Papá, mamá —empecé, dejando mi taza de café sobre la mesa—, he estado pensando mucho en todo esto, y siento que necesito entender mejor lo que le pasó a Fernando. Quiero hablar con sus amigos, con sus profesores, con quien sea que pudiera saber algo. Necesito encontrar respuestas.

Mamá asintió lentamente, mientras papá me miraba con una mezcla de preocupación y apoyo.

—Lo entendemos, Josh —dijo mamá—. Si eso te ayuda a encontrar paz, hazlo. Fernando tenía muchos amigos y conocidos. Estoy segura de que algunos de ellos podrán darte alguna perspectiva.

Papá se aclaró la garganta antes de hablar.

—Solo recuerda que no todas las respuestas serán fáciles de escuchar, hijo. Pero si crees que es lo correcto, estaremos aquí para apoyarte.

Con su bendición, comencé mi búsqueda. Decidí empezar por visitar a los amigos más cercanos de Fernando. Sam había sido un gran apoyo, así que le pedí que me ayudara a contactar a otros amigos.

Nos encontramos en un café cerca de la universidad. Sam había reunido a algunos de los amigos más cercanos de Fernando: Laura, Miguel y Ana. Todos se veían abatidos, sus ojos reflejando el mismo dolor y confusión que sentía yo.

—Gracias por venir —dije, tratando de sonar seguro—. Sé que esto no es fácil para ninguno de nosotros, pero realmente necesito entender qué le pasó a Fernando.

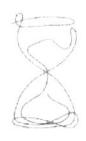

Si alguno de ustedes sabe algo, por favor, díganmelo.

Laura fue la primera en hablar, su voz temblorosa.

—Fernando y yo éramos muy cercanos. Solíamos estudiar juntos y salir a correr. Últimamente, había notado que estaba más callado, más distante. Le pregunté varias veces si estaba bien, y siempre me decía que solo estaba cansado o estresado por los estudios.

Miguel asintió, su expresión grave.

—Sí, yo también noté eso. Solíamos ir a jugar al fútbol los fines de semana, pero en los últimos meses siempre encontraba excusas para no ir. Decía que tenía que estudiar o que no se sentía bien.

Ana, quien había estado en silencio hasta ahora, finalmente habló, su voz apenas un susurro.

—Un par de veces, vi a Fernando mirando fijamente al vacío, como si estuviera perdido en sus pensamientos. Cuando le pregunté qué le pasaba, solo sonrió y dijo que estaba pensando en la próxima tarea de la universidad. Pero algo en su mirada me dijo que había más.

Escuchar sus relatos me llenó de una mezcla de tristeza y frustración. Había señales, pero Fernando había sido muy bueno ocultando su verdadero estado.

—Gracias, chicos —dije, tratando de contener las lágrimas—. Gracias por compartir esto conmigo. Si recuerdan algo más, por favor, háganmelo saber.

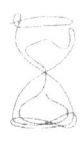

Más tarde, decidí visitar a la señora Thompson, la consejera de la escuela. Ya habíamos hablado antes, pero sentía que aún había más que podía decirme.

—Señora Thompson, sé que hablamos hace poco, pero he estado pensando mucho en Fernando y en lo que dijo sobre él —empecé, sentándome en su despacho—. Quisiera saber si hay algo más que pueda compartir conmigo, cualquier detalle que pueda ayudarme a entender mejor.

La señora Thompson me miró con compasión.

—Josh, entiendo tu necesidad de respuestas. Fernando era un joven muy complejo. Tenía muchas presiones, tanto internas como externas. Creo que siempre sintió que debía ser perfecto, que no podía permitirse mostrar debilidad. Habló conmigo varias veces sobre sentirse abrumado, pero nunca quiso admitir que estaba realmente mal.

—¿Cree que había algo específico que lo empujó al borde? —pregunté, buscando algún evento desencadenante.

—No puedo estar segura, Josh. Las razones por las que alguien decide tomar esa decisión son muchas y complejas. Puede haber sido una acumulación de factores: presión académica, expectativas familiares, problemas personales. Fernando llevaba una carga que era demasiado pesada para él.

Al salir de la oficina de la señora Thompson, sentí una mezcla de alivio y desesperación. Alivio por saber que estaba haciendo todo lo posible por entender, pero desesperación por la complejidad del sufrimiento de Fernando.

Decidí tomarme un día para reflexionar, para procesar toda la información que había recopilado. Me dirigí al parque donde solíamos ir de niños. Me senté en nuestro banco favorito, mirando el lago, recordando los buenos tiempos.

De repente, mi teléfono sonó. Era Sam.

—Josh, hay algo que creo que debes saber —dijo, su voz urgente—. Encontré unos mensajes en el chat de un grupo que teníamos con Fernando. Algunos de ellos son bastante preocupantes.

Nos encontramos en su casa y me mostró los mensajes. Había varios donde Fernando expresaba sentirse abrumado y cansado de todo, aunque siempre con un tono de broma o minimizando su verdadero estado. Uno en particular me llamó la atención:

"A veces siento que estoy nadando contra la corriente y nunca llegaré a la orilla. Pero no quiero preocupar a nadie. Estoy bien, de verdad."

Leer esas palabras me rompió el corazón. Fernando había estado pidiendo ayuda a su manera, pero nosotros no habíamos sabido ver más allá de su fachada.

—Sam, esto es… desgarrador —dije, mi voz temblando—. No puedo creer que estuviera tan mal y que ninguno de nosotros se diera cuenta.

—Lo sé, Josh. Todos nos sentimos así. Pero lo importante es que ahora estamos aquí, intentando entender y ayudar a otros para que no pasen por lo mismo.

Esa noche, volví a casa con una nueva determinación. Sabía que nunca tendría todas las respuestas, pero había aprendido mucho sobre el sufrimiento de Fernando y las señales que habíamos pasado por alto. Tenía que usar ese conocimiento para hacer una diferencia.

En la cena, compartí con mi familia todo lo que había descubierto.

—Fernando estaba pidiendo ayuda, pero de una manera que no supimos interpretar —dije—. No podemos cambiar el pasado, pero podemos aprender de él y ayudar a otros a no sufrir en silencio.

Mamá y papá me miraron con orgullo, mientras John asintió solemnemente.

—Estamos contigo, Josh —dijo papá—. Haremos todo lo posible para honrar la memoria de Fernando y ayudar a otros.

Esa noche, me acosté con una sensación de paz que no había sentido en mucho tiempo. Sabía que la búsqueda de respuestas nunca terminaría por completo, pero estaba en el camino correcto. Y en ese camino, Fernando siempre estaría conmigo, guiándome desde dondequiera que estuviera.

Capítulo 7: La Realidad de la Depresión

La depresión. Un término que había escuchado muchas veces, pero que ahora se había vuelto más tangible y dolorosamente real para mí. Desde la pérdida de Fernando, había estado investigando, hablando con personas y tratando de comprender mejor esta enfermedad invisible que había jugado un papel tan devastador en la vida de mi hermano.

Decidí visitar a un psicólogo que había sido recomendado por la señora Thompson. La Dra. Rodríguez tenía una reputación sólida en la comunidad y se especializaba en trastornos de salud mental entre jóvenes adultos.

—Josh, es un placer conocerte —dijo la Dra. Rodríguez, recibiéndome en su acogedor consultorio—. Sé que has estado pasando por tiempos difíciles. Estoy aquí para ayudarte en lo que pueda.

Nos sentamos y comencé a hablar sobre Fernando, sobre cómo había sido antes de su muerte, y sobre las cosas que había descubierto desde entonces.

—Estoy tratando de entender mejor lo que pasó con Fernando —expliqué, mis palabras saliendo con esfuerzo—. Él era… brillante, talentoso, siempre sonriente. Pero ahora sé que estaba luchando internamente de una manera que no pudimos ver.

La Dra. Rodríguez asintió, tomando notas mientras yo hablaba.

—La depresión puede ser así, Josh. Puede esconderse detrás de una fachada de normalidad, haciéndose invisible para aquellos que no saben cómo identificar las señales.

—Pero ¿cómo alguien como Fernando puede caer en eso? —pregunté, mi voz llena de frustración—. Siempre parecía tener todo bajo control.

La Dra. Rodríguez me miró con comprensión.

—La depresión no discrimina, Josh. Puede afectar a cualquier persona, sin importar su edad, género o apariencia exterior. En el caso de Fernando, es posible que haya habido muchos factores en juego: presión académica, expectativas familiares, quizás incluso cuestiones personales que él no compartió con nadie.

—¿Y cómo alguien puede saber si está lidiando con la depresión? —pregunté, necesitando entender más.

La Dra. Rodríguez explicó pacientemente los síntomas y señales comunes de la depresión: cambios en el estado de ánimo, pérdida de interés en actividades que solían disfrutarse, problemas para dormir o dormir demasiado, sentimientos de desesperanza o inutilidad, entre otros.

—A menudo, las personas con depresión pueden sentirse atrapadas en un ciclo de negatividad y autocrítica. Pueden sentir que no hay esperanza para el futuro, incluso cuando eso no es cierto —continuó—. Es importante estar atento a estos signos en quienes nos rodean y ofrecerles apoyo y comprensión.

Salí de la sesión con la Dra. Rodríguez con una nueva perspectiva pero también con más preguntas. La depresión era un monstruo silencioso que podía esconderse detrás de sonrisas y logros, como lo había hecho con Fernando. Pero ahora sabía que entenderlo era crucial para ayudar a otros y para honrar la memoria de mi hermano.

Decidí hablar con John esa misma tarde. Nos sentamos en el porche trasero, el sol de la tarde tiñendo el cielo de tonos cálidos.

—John, he estado investigando mucho sobre la depresión últimamente —empecé, mirándolo seriamente—. La Dra. Rodríguez me explicó cómo puede afectar a cualquiera, incluso a personas como Fernando.

John asintió, sus ojos reflejando la misma preocupación que sentía yo.

—Es difícil de creer, ¿verdad? Fernando siempre fue tan fuerte, tan decidido en todo lo que hacía. Nunca pensé que podría estar luchando tanto por dentro.

—Yo tampoco, pero ahora veo que había señales que no supimos ver —dije, sintiendo el peso de la verdad.

John suspiró y se pasó una mano por el cabello.

—Creo que es algo de lo que todos nos estamos dando cuenta ahora. Nunca sabremos realmente lo que estaba pasando por su mente en esos últimos días.

Nos quedamos en silencio por un momento, ambos perdidos en nuestros propios pensamientos.

—¿Crees que podríamos haber hecho algo diferente? —pregunté finalmente, mi voz apenas un susurro.

John me miró con tristeza.

—No lo sé, Josh. Creo que hicimos lo mejor que pudimos con lo que sabíamos en ese momento. Pero ahora que entendemos más sobre la depresión, podemos usar ese conocimiento para ayudar a otros.

Esa noche, mientras reflexionaba sobre la conversación con John, me di cuenta de que entender la depresión era solo el primer paso. Necesitaba compartir lo que había aprendido con otros, especialmente con mis amigos y compañeros de escuela. Si podía ayudar a alguien a reconocer los signos de la depresión y buscar ayuda a tiempo, tal vez podría prevenir otra tragedia como la que nos había golpeado a nosotros.

Decidí hablar en la escuela durante una asamblea general. Era una oportunidad para llegar a muchos jóvenes a la vez y educar sobre la importancia de la salud mental.

—Amigos —comencé, mirando a la audiencia de estudiantes y profesores—, hemos pasado por un momento difícil como comunidad. Perdimos a un ser querido, a alguien que muchos de nosotros admirábamos y queríamos. Pero también hemos aprendido mucho en este proceso.

Hablé sobre la depresión, sobre cómo puede afectar a cualquiera y sobre la importancia de hablar sobre nuestras emociones y buscar ayuda cuando la necesitamos. Compartí lo que había aprendido sobre los síntomas y señales de alerta, alentando a todos a ser conscientes y comprensivos con quienes podrían estar luchando en silencio.

Al final de mi discurso, recibí aplausos y algunas personas se acercaron para agradecerme por hablar abiertamente sobre un tema tan difícil. Sabía que no cambiaría lo que había pasado con Fernando, pero tal vez podría ayudar a otros a evitar un destino similar.

Esa noche, mientras me preparaba para dormir, me sentí un poco más ligero, como si hubiera encontrado un propósito más grande en todo esto. Sabía que mi viaje hacia la comprensión y la sanación aún no había terminado, pero ahora sentía que estaba en el camino correcto. Y dondequiera que estuviera Fernando, esperaba que supiera que estábamos haciendo todo lo posible para honrar su memoria y prevenir más pérdidas como la suya.

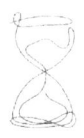

Capítulo 8: Laberintos de la Mente

Adentrarse en la complejidad de la mente humana no es tarea fácil. Desde la pérdida de Fernando, me encontré cada vez más intrigado y desconcertado por los desafíos emocionales que enfrentan las personas en silencio. La vida continuaba a mi alrededor, pero yo estaba inmerso en un laberinto de preguntas sin respuesta.

Una tarde, mientras caminaba por el parque cerca de casa, me detuve frente a un banco y me senté, mirando el cielo azul. Mi mente se llenó de recuerdos de Fernando, de los momentos felices que habíamos compartido y de las señales que ahora veía con claridad pero que en su momento habían sido tan sutiles.

—Josh, ¿estás bien?

Levanté la mirada y vi a Sam acercarse, con una expresión de preocupación en su rostro.

—Hola, Sam —respondí, forzando una sonrisa—. Sí, estoy bien. Solo pensando en algunas cosas.

Sam se sentó a mi lado y esperó en silencio, dejándome espacio para hablar cuando estuviera listo.

—¿Sabes? —empecé, después de un momento—. Nunca pensé que algo así podría suceder. Siempre pensé que Fernando era... invencible, supongo.

Sam asintió lentamente.

—Lo sé, Josh. Todos lo pensábamos. Era tan fuerte, tan carismático. Pero ahora veo que todos tenemos nuestras batallas internas que luchamos en silencio.

—Sí, y eso es lo que me desconcierta más —dije, mirando al suelo—. ¿Cómo pudo estar Fernando tan atormentado y no nos dimos cuenta?

Sam puso una mano en mi hombro.

—Josh, a veces las personas esconden su dolor muy bien. Y la depresión, bueno, puede distorsionar la forma en que vemos el mundo y cómo nos vemos a nosotros mismos.

Asentí, sintiendo un nudo en la garganta.

—A veces me pregunto si podría haber hecho algo diferente. Si pude haberle ayudado antes de que fuera demasiado tarde.

Sam me miró con seriedad.

—Josh, no te castigues así. Hiciste lo mejor que pudiste con lo que sabías en ese momento. Todos lo hicimos. Pero ahora podemos usar lo que hemos aprendido para ayudar a otros.

Esa noche, mientras estaba acostado en la cama, las palabras de Sam resonaban en mi mente. Había hecho lo mejor que pude, pero eso no quitaba el dolor o las preguntas persistentes que me atormentaban.

Decidí hacer una pausa en mi búsqueda de respuestas y hablar con mis padres. Necesitaba su perspectiva, su sabiduría acumulada a lo largo de los años.

—Mamá, papá —comencé, buscando sus miradas preocupadas—. Sigo pensando en Fernando y en todo lo que pasó. Me pregunto si podríamos haber hecho algo diferente.

Mamá me abrazó con ternura.

—Josh, cariño, entiendo cómo te sientes. Todos nos hacemos esas preguntas. Pero no puedes culparte por algo que estaba fuera de tu control.

Papá asintió, su rostro serio pero comprensivo.

—Fernando era un individuo complejo, Josh. Había mucho en su mente y en su corazón que nunca compartió con nosotros. No podemos saber lo que estaba pasando por su mente en esos últimos días.

—Pero ¿cómo alguien llega a ese punto? —pregunté, sintiendo que necesitaba entender más.

Papá suspiró y miró a mamá antes de hablar.

—Josh, la mente humana es un laberinto complicado. A veces, las personas se encuentran atrapadas en pensamientos y emociones abrumadoras que parecen no tener fin. Esos sentimientos de desesperanza y dolor pueden nublar su juicio y hacer que vean el suicidio como la única salida.

—Pero es tan difícil de aceptar —dije, sintiendo que las palabras se atascaban en mi garganta—. Me duele tanto saber que Fernando estaba en ese lugar oscuro y nosotros no lo vimos.

Mamá me acarició el cabello con ternura.

—Josh, es normal sentirse así. Pero también debes recordar que todos hacemos lo mejor que podemos con lo que sabemos en ese momento. Y ahora que entiendes más sobre la depresión y los desafíos emocionales, puedes usar ese conocimiento para ayudar a otros que puedan estar sufriendo.

Sus palabras me reconfortaron un poco, pero sabía que el camino hacia la aceptación y la sanación sería largo y lleno de altibajos.

Al día siguiente, decidí visitar la biblioteca local y buscar libros sobre salud mental y depresión. Quería entender más, quería encontrar respuestas incluso si eran difíciles de enfrentar.

Entre estanterías llenas de libros, encontré uno titulado "Laberintos de la Mente: Comprendiendo la Depresión". Lo tomé y me senté en una mesa cerca de una ventana, dejando que las palabras del autor me guiaran a través de los complejos laberintos de la mente humana.

Leyendo sobre los síntomas, las causas y las estrategias de tratamiento, me di cuenta de cuánto más había por aprender. La depresión no era simplemente tristeza; era una enfermedad compleja que afectaba a millones de personas en todo el mundo. Y Fernando había sido una de ellas.

Cuando cerré el libro horas después, sentí un poco más de paz. Sabía que no tenía todas las respuestas, pero estaba en el camino correcto hacia la comprensión. Y con cada página que pasaba, sentía que me acercaba un poco más a entender los laberintos de la mente humana y los desafíos emocionales que mi hermano había enfrentado en silencio.

Esa noche, mientras miraba las estrellas desde mi ventana, pensé en Fernando. Sabía que no podría traerlo de vuelta, pero podía honrar su memoria aprendiendo más sobre lo que lo había llevado a ese lugar oscuro y usando ese conocimiento para ayudar a otros.

Capítulo 9: Huellas en el Tiempo

Reconstrucción de los últimos días de Fernando a través de cartas y mensajes dejados atrás.

El proceso de reconstrucción de los últimos días de Fernando había sido doloroso y desgarrador para todos nosotros. Después de semanas de reflexión y discusiones familiares, decidimos abordar su habitación, un espacio que había permanecido intocado desde su partida. Entre sus pertenencias personales y recuerdos dispersos, encontramos una caja de cartas y mensajes que había guardado a lo largo de los años.

Sentado en el suelo junto a la cama de Fernando, John y yo comenzamos a revisar las cartas con cautela. Eran un conjunto de notas manuscritas, tarjetas de cumpleaños y algunos mensajes guardados en su computadora portátil. Cada uno de estos fragmentos ofrecía una pequeña ventana a su vida interior, revelando pensamientos y emociones que Fernando había mantenido ocultos.

John abrió una carta que parecía tener fecha reciente. Sus ojos se entrecerraron mientras leía, su expresión reflejando el dolor y la sorpresa.

—Mira esto, Josh —dijo, extendiendo la carta hacia mí.

Tomé la carta y la leí con cuidado. Era una nota escrita a mano dirigida a Fernando de parte de su mejor amigo de la universidad, Alex. En ella, Alex expresaba su preocupación por el comportamiento de Fernando en las semanas previas a su muerte. Mencionaba cómo había notado que Fernando parecía más callado y distante, y cómo había intentado hablar con él sin éxito.

—Esto confirma lo que hemos estado pensando —dije, mi voz apenas un susurro—. Fernando estaba luchando mucho más de lo que dejó ver.

John asintió sombríamente.

—Es difícil leer esto, pero necesitamos saberlo. Necesitamos entender lo que estaba pasando por su mente en esos días finales.

Seguimos revisando las cartas y mensajes, cada uno revelando un poco más sobre la vida interior de Fernando. Encontramos un diario digital en su computadora portátil donde Fernando había escrito pensamientos y reflexiones íntimas.

Me senté frente a la computadora y abrí el archivo. Las entradas estaban fechadas en los últimos meses, y pude ver cómo sus pensamientos habían oscilado entre la esperanza y la desesperación.

"No puedo seguir fingiendo que todo está bien. Me siento atrapado en un agujero sin salida, y no veo manera de salir de él."

"¿Qué pasa si nunca encuentro el valor para hablar sobre lo que realmente me está sucediendo? ¿Qué pasa si sigo fingiendo hasta que ya no pueda más?"

Las palabras de Fernando resonaban en mi mente mientras leía. Era como si estuviera hablando desde el más allá, tratando de comunicarse con nosotros a través de estas líneas electrónicas.

John se acercó y miró por encima de mi hombro.

—Josh, esto es... devastador —dijo, su voz ronca por la emoción—. No tenía idea de que estaba pasando por todo esto.

—Ninguno de nosotros lo hizo —respondí, sintiendo un nudo en la garganta—. Pero al menos ahora tenemos algo de claridad sobre lo que estaba sintiendo.

Continuamos leyendo durante horas, sumergiéndonos más y más en la mente y el corazón de Fernando. Cada entrada, cada mensaje, pintaba un retrato más vívido de sus luchas internas y su dolor silenciado.

Entre las cartas y mensajes, encontramos una serie de correos electrónicos entre Fernando y su consejera universitaria. En uno de ellos, Fernando había expresado su frustración por la presión académica y la sensación de que no estaba cumpliendo con las expectativas de los demás. La consejera le había ofrecido apoyo y recursos adicionales, pero Fernando parecía reticente a aceptarlos por completo.

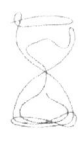

—Parece que intentó pedir ayuda —murmuré, repasando el correo una y otra vez—. Pero quizás no fue suficiente.

John asintió con tristeza.

—Parece que estaba atrapado en un ciclo de negatividad y autoexigencia. Quería mantener una fachada de fortaleza y éxito, pero por dentro estaba luchando mucho más de lo que podíamos imaginar.

Después de revisar todo lo que encontramos, guardamos las cartas y mensajes en una caja especial junto con algunos de sus objetos más preciados. Era como si estuviéramos preservando fragmentos de su alma, pequeños trozos de Fernando que seguirían con nosotros mientras intentábamos sanar.

Esa noche, me senté en mi habitación y reflexioné sobre todo lo que había aprendido. Fernando había dejado huellas profundas en nuestra vida, no solo en sus acciones y palabras, sino también en los pensamientos y emociones que compartió en esos últimos días. Aunque su ausencia seguía siendo dolorosa, había algo reconfortante en conocer más sobre sus luchas y en poder honrar su memoria de una manera más profunda y significativa.

Antes de acostarme, saqué mi teléfono y escribí un mensaje a Sam y a algunos de los amigos más cercanos de Fernando. Les conté sobre las cartas y mensajes que habíamos encontrado, y les agradecí por su apoyo continuo y comprensión en estos momentos difíciles. Sabía que no estábamos solos en esto y que juntos podríamos encontrar consuelo y fortaleza para seguir adelante.

Cerré los ojos esa noche con un sentimiento de paz que había estado ausente durante mucho tiempo. Sabía que el camino hacia la sanación sería largo y lleno de altibajos, pero ahora tenía más claridad y entendimiento sobre las complejidades de la mente humana y las huellas que Fernando había dejado en nuestro tiempo juntos.

Capítulo 10: Luces y Sombras

Descubrir momentos de felicidad compartidos con Fernando siempre fue como desenterrar pequeños tesoros en medio de un campo devastado por el dolor. Desde su partida, cada recuerdo se había teñido de una melancolía profunda, pero también había una chispa de luz que brillaba a través de las sombras.

Una tarde soleada de sábado, decidí revisar algunos álbumes de fotos antiguos en busca de esos momentos especiales que compartimos. Había olvidado lo mucho que Fernando y yo solíamos reír juntos, explorando el mundo con la curiosidad infantil que solo los hermanos pueden tener.

Encontré una foto de nosotros dos en el parque cerca de casa. Fernando estaba haciendo una mueca graciosa mientras yo intentaba contener una risa contagiosa. Ese día habíamos pasado horas jugando al fútbol y corriendo por los senderos, sin preocupaciones más allá de cuál sería nuestro próximo juego.

Mostré la foto a mamá y papá esa noche durante la cena. Sus rostros se iluminaron con sonrisas nostálgicas mientras compartíamos historias de nuestras travesuras de la infancia.

—Recuerdo ese día —dijo mamá, con una risa suave—. Fernando insistía en que podía patear el balón más lejos que nadie en el parque. Y tú, Josh, no te quedabas atrás.

—Era un desastre total —bromeé, sintiendo cómo la tristeza se disipaba momentáneamente—. Pero nos divertíamos tanto juntos.

Papá asintió, su mirada perdida en el pasado.

—Era imposible estar cerca de Fernando y no contagiarse de su energía. Siempre estaba haciendo reír a todos.

Nos sumergimos en más recuerdos esa noche, recordando los cumpleaños, las vacaciones en la playa y las noches de películas en familia. Cada recuerdo era un destello de luz en medio del oscuro túnel del duelo, recordándonos que la vida de Fernando había sido mucho más que su partida prematura.

Después de la cena, decidí visitar el parque donde habíamos pasado tantos días felices. El aire fresco y el césped verde me hicieron sentir más cerca de

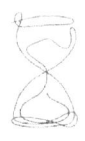

Fernando, como si su espíritu aún estuviera allí, llenando el lugar con su risa contagiosa y su energía positiva.

Mientras caminaba por los senderos que solíamos recorrer juntos, los recuerdos comenzaron a fluir con más intensidad. Recordé cómo solíamos trepar árboles para ver quién alcanzaba la rama más alta, o cómo competíamos en carreras de bicicletas que terminaban con risas y abrazos.

Me detuve en un banco cerca del estanque y miré el agua tranquila. Recordé un día particularmente soleado cuando Fernando y yo habíamos alimentado a los patos y hablado sobre nuestros sueños para el futuro. Sus ojos brillaban con esperanza y determinación, y su sonrisa era contagiosa incluso para los patos que nadaban a nuestro alrededor.

—¿Recuerdas cuando planeábamos construir una fortaleza secreta en ese árbol? —dijo una voz detrás de mí.

Me volví y vi a Sam acercarse, una sonrisa cálida en su rostro.

—¡Claro que sí! —exclamé, sintiendo el corazón más ligero al ver a un amigo cercano—. Nunca llegamos a terminarla, pero fue divertido intentarlo.

Sam se sentó a mi lado en el banco y ambos nos sumergimos en recuerdos compartidos de Fernando. Hablamos de las bromas internas que solo nosotros entendíamos y de las aventuras que habíamos vivido juntos.

—Fernando siempre tenía una manera única de hacernos reír, ¿verdad? —dijo Sam, mirando hacia el estanque con nostalgia.

Asentí con una sonrisa.

—Sí, definitivamente. A veces es difícil reconciliar esos recuerdos felices con lo que pasó después. Pero sé que son parte de lo que él era realmente.

Sam me miró con comprensión.

—Los buenos recuerdos son lo que nos ayudan a seguir adelante. Nos recuerdan que su vida fue mucho más que su muerte.

Esa noche, mientras caminaba de regreso a casa, sentí una profunda gratitud por los momentos preciosos que había compartido con Fernando. A pesar del dolor abrumador de su pérdida, había encontrado un consuelo en esos recuerdos que me impulsaban a celebrar su vida en lugar de lamentar su muerte.

Antes de acostarme, revisé la foto que había encontrado en el álbum esa tarde. Fernando y yo, con sonrisas sinceras y ojos brillantes de alegría. Era un recordatorio tangible de los momentos felices que habíamos compartido y un faro de luz en medio de las sombras que seguían envolviendo mi corazón.

Parte 2: Un poco de esperanza

Capítulo 11: Los Lazos que Sostienen

El apoyo de Margaret, Edgar y John fue fundamental para ayudarme a enfrentar mi duelo después de la pérdida de Fernando. En los días y semanas que siguieron a su partida, encontré consuelo y fuerza en el seno familiar mientras navegaba por las turbulentas aguas del dolor y la pérdida.

Una tarde lluviosa de sábado, me encontré en mi habitación, mirando por la ventana hacia el cielo nublado. La ausencia de Fernando parecía pesar más que nunca, y las lágrimas amenazaban con desbordarse. Fue entonces cuando mamá entró suavemente, con una bandeja de té caliente en las manos.

—Josh, cariño, pensé que podrías necesitar esto —dijo, colocando la bandeja sobre mi escritorio y sentándose a mi lado en la cama.

Tomé la taza entre mis manos temblorosas, agradecido por su gesto silencioso de apoyo.

—Gracias, mamá —susurré, sin poder contener las lágrimas que finalmente comenzaron a caer.

Mamá me abrazó con ternura mientras dejaba que las emociones fluyeran. No dijo nada, pero su presencia tranquila y su amor incondicional me envolvieron como un manto cálido en medio de la tormenta.

Después de un rato, mamá rompió el silencio suavemente.

—Josh, sé que esto es increíblemente difícil para ti. Pero quiero que sepas que estamos aquí para ti, siempre.

Asentí con gratitud, sintiendo el peso de sus palabras reconfortantes.

Esa noche, durante la cena, papá y John se unieron a nosotros alrededor de la mesa. Hubo un aire de solemnidad en la habitación, pero también había un sentimiento de unidad y apoyo mutuo que nos sostenía a todos.

—Josh, hijo, quiero que sepas que puedes hablar con nosotros sobre cómo te sientes —dijo papá, su voz profunda y llena de preocupación paternal—. Estamos aquí para escucharte, sin importar qué.

Miré a papá, agradecido por su fortaleza y su comprensión.

—Gracias, papá. Realmente aprecio eso.

John puso una mano en mi hombro con afecto.

—Josh, no estás solo en esto. Estamos juntos en esto como familia. Vamos a apoyarnos mutuamente a través de todo esto.

Sus palabras resonaron en mi corazón, recordándome que, a pesar del dolor abrumador, no tenía que enfrentarlo solo.

En las semanas siguientes, encontré consuelo en la rutina familiar y en los pequeños gestos de amor y cuidado que compartíamos. Mamá preparaba mi comida favorita cuando sabía que mi ánimo estaba bajo, papá me invitaba a caminar por el parque para hablar sobre cualquier cosa que estuviera en mi mente, y John organizaba noches de películas en casa para distraernos un poco.

Una tarde, mientras ayudaba a mamá a ordenar algunas de las pertenencias de Fernando en su habitación, encontramos una caja de recuerdos que él había guardado. Había fotos, boletos de conciertos, cartas y otros objetos que evocaban momentos felices y recuerdos compartidos.

—Mira esto, Josh —dijo mamá, sosteniendo una vieja fotografía enmarcada.

La foto mostraba a Fernando y a mí en la playa, construyendo un castillo de arena mientras el sol se ponía en el horizonte. Sus rostros irradiaban felicidad y complicidad fraternal.

Sonreí con nostalgia mientras tomaba la foto en mis manos.

—Recuerdo ese día —dije, mi voz llena de emoción—. Fue uno de los mejores veranos que tuvimos juntos.

Mamá asintió con una sonrisa cálida.

—Fernando siempre hablaba de lo mucho que disfrutaba esos momentos contigo. Eras su compañero de aventuras favorito.

Esa noche, reunimos a la familia alrededor de la mesa del comedor y compartimos historias y recuerdos de Fernando. Hablamos de sus pasiones, sus sueños y las pequeñas cosas que lo hacían único. Había lágrimas, pero también risas y sonrisas mientras celebrábamos la vida que había vivido.

Después de esa noche, sentí un cambio dentro de mí. Aunque el dolor de perder a Fernando nunca desaparecería por completo, había encontrado consuelo y fuerza en los lazos que compartíamos como familia. Éramos un equipo unido, enfrentando el duelo juntos y encontrando consuelo en los recuerdos que atesorábamos.

Cada día seguía siendo una montaña rusa emocional, pero ahora sabía que tenía a mi familia para sostenerme cuando las cosas se volvían demasiado difíciles. En sus abrazos y en sus palabras de aliento, encontré un ancla en medio de la tormenta, recordándome que nunca estaría solo en este viaje de sanación y aceptación.

Capítulo 12: El Sendero de la Esperanza

Exploración de la esperanza y la posibilidad de encontrar una forma de sanar y seguir adelante.

Después de meses de estar sumergido en la oscuridad del duelo por la pérdida de Fernando, finalmente comencé a vislumbrar un rayo de esperanza en el horizonte. A medida que el tiempo pasaba y mi familia y yo encontrábamos formas de apoyarnos mutuamente, empecé a notar pequeños destellos de luz que me mostraban que había un camino hacia la sanación.

Una mañana soleada de primavera, decidí dar un paseo por el parque cerca de casa.

Los árboles estaban comenzando a florecer, y el aire fresco tenía un aroma revitalizante. Cada paso que daba me acercaba más a la idea de que la vida podía continuar de alguna manera, aunque la sombra de la pérdida de Fernando seguía presente.

Mientras caminaba, me detuve junto a un estanque donde los patos nadaban plácidamente. Observé sus movimientos suaves y pensé en lo simple que era su vida, libre de las cargas emocionales que nosotros, los humanos, llevamos a cuestas.

De repente, escuché una voz familiar detrás de mí.

—Josh, ¿te importa si te acompaño?

Me volví y vi a Sam, con una sonrisa amistosa en su rostro. Asentí con gratitud.

—Claro, Sam. Me alegra verte.

Caminamos juntos en silencio por un rato, disfrutando de la tranquilidad del entorno natural que nos rodeaba. Finalmente, Sam rompió el silencio.

—Josh, he estado pensando mucho en Fernando últimamente. No puedo evitar preguntarme qué hubiera querido para ti ahora.

Me detuve y miré a Sam, sintiendo un nudo en la garganta.

—Yo también, Sam. A veces me pregunto si él estaría orgulloso de cómo estamos manejando todo esto.

Sam puso una mano reconfortante en mi hombro.

—Estoy seguro de que lo estaría. Él siempre hablaba de ti con tanto cariño y admiración. Creo que querría verte encontrar la paz y la felicidad de nuevo.

Asentí, agradecido por las palabras reconfortantes de Sam. A medida que seguimos caminando, hablamos sobre los recuerdos felices que compartíamos con Fernando y cómo esos momentos nos seguían inspirando a seguir adelante.

Esa noche, durante la cena con mi familia, decidimos mirar viejos álbumes de fotos de nuestras vacaciones familiares. Las risas y las anécdotas llenaron la habitación mientras compartíamos recuerdos de las travesuras de Fernando y las aventuras que vivimos juntos. Aunque el dolor de su ausencia seguía latente, había una sensación reconfortante de conexión y amor que nos sostenía.

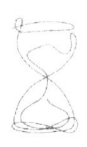

Después de la cena, me retiré a mi habitación y me senté frente a mi escritorio. Tomé una hoja en blanco y comencé a escribir, dejando que mis pensamientos y emociones fluyeran libremente en palabras.

"Querido Fernando,

Han pasado tantos meses desde que te fuiste, pero siento tu presencia en cada recuerdo y cada pensamiento. A veces todavía me duele pensar en todo lo que perdimos contigo, pero también sé que has dejado una huella indeleble en nuestras vidas.

Hemos estado navegando por aguas turbulentas, pero también hemos encontrado consuelo y fortaleza en los lazos que compartimos como familia. A través de los recuerdos y las historias que compartimos, estoy encontrando pequeños destellos de luz que me muestran un camino hacia la esperanza.

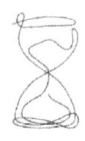

Te extraño cada día, pero quiero creer que eventualmente encontraré una forma de honrar tu memoria viviendo una vida llena de significado y amor. Sé que estarías orgulloso de mí y de cómo estamos encontrando la manera de seguir adelante juntos.

Con todo mi amor,

Josh"

Terminé la carta con un suspiro profundo y la guardé en una caja donde guardaba otros recuerdos de Fernando. Sentí un ligero peso levantarse de mis hombros mientras reflexionaba sobre el viaje emocional que había recorrido hasta ahora.

Esa noche, me acosté con una sensación renovada de esperanza y determinación. Sabía que el camino hacia la sanación sería largo y lleno de altibajos, pero ahora veía la posibilidad de un futuro donde los buenos recuerdos de Fernando se convertían en un faro de inspiración en lugar de una fuente de dolor abrumador.

Capítulo 13: Encuentros con el Pasado

Después de meses de reflexión y sanación personal, sentí que era hora de explorar más sobre la vida de Fernando a través de los ojos de las personas que lo conocieron mejor. Quería entender mejor quién era él desde diferentes perspectivas y cómo impactó en la vida de quienes lo rodeaban.

Mi primer encuentro fue con Elena, la mejor amiga de Fernando desde la infancia. Nos reunimos en un café acogedor cerca de la universidad donde ambos solíamos estudiar.

—Josh, es tan bueno verte —dijo Elena con una sonrisa cálida mientras nos sentábamos.

—Gracias por querer hablar conmigo, Elena. Quiero saber más sobre Fernando, cómo era cuando estaban juntos.

Elena asintió con seriedad, sus ojos reflejando la nostalgia y el amor por su amigo perdido.

—Fernando siempre fue una persona increíblemente generosa y compasiva. Estaba siempre ahí para sus amigos, para escuchar y apoyar en todo lo que necesitábamos. Era el alma de todas nuestras fiestas y reuniones. Siempre tenía una sonrisa y una broma lista para hacernos reír.

Escuché atentamente cada palabra de Elena, capturando el retrato vívido que ella pintaba de Fernando. Era reconfortante saber que su espíritu vivía a través de las historias y recuerdos de quienes lo amaban.

Nuestro próximo encuentro fue con el profesor Morales, quien había sido mentor de Fernando durante sus años de universidad. Nos reunimos en su despacho, lleno de libros y papeles.

—Josh, Fernando era un estudiante brillante y apasionado. Siempre estaba buscando nuevos desafíos y formas de expandir su mente —comenzó el profesor Morales, con un brillo de admiración en los ojos—. Tenía una curiosidad insaciable y una habilidad única para conectar ideas de diferentes disciplinas. Era un placer tenerlo en clase.

Me sentí orgulloso al escuchar cómo Fernando había dejado una impresión positiva incluso en sus profesores. Cada historia compartida agregaba una nueva capa al retrato multifacético de mi hermano mayor.

Después de hablar con Elena y el profesor Morales, decidí buscar a Jorge, el compañero de trabajo de Fernando en la empresa donde había trabajado antes de su partida. Nos encontramos en un café moderno en el centro de la ciudad.

—Josh, Fernando era más que un colega para nosotros. Era un líder inspirador y un amigo cercano para muchos aquí —dijo Jorge con sinceridad mientras tomábamos café.

—¿Puedes decirme más sobre cómo era en el trabajo? —pregunté, interesado en aprender más sobre ese aspecto de su vida.

Jorge reflexionó un momento antes de responder.

—Fernando era creativo, siempre proponiendo ideas nuevas y buscando soluciones innovadoras para los desafíos que enfrentábamos. Pero más allá de eso, era alguien en quien podías confiar, alguien que siempre estaba dispuesto a escuchar y a ofrecer su ayuda, ya sea profesional o personalmente.

Cada conversación con amigos y personas importantes en la vida de Fernando me proporcionaba una pieza más del rompecabezas que era mi hermano mayor. A través de sus historias, pude reconstruir una imagen más completa y comprensiva de quién era él y cómo tocó las vidas de quienes lo rodeaban.

Después de cada encuentro, regresaba a casa con el corazón más liviano y con una sensación renovada de conexión con Fernando. Aunque ya no estaba físicamente presente, su legado vivía a través de los recuerdos y las impresiones duraderas que dejó en todos los que lo conocieron.

Cada historia compartida, cada sonrisa recordada, me recordaba que Fernando había dejado una marca indeleble en el mundo y que su influencia seguiría resonando en nuestras vidas mucho tiempo después de su partida.

Capítulo 14: Reflexiones Personales

En los meses desde la partida de Fernando, he pasado innumerables horas reflexionando sobre mi propia vida y buscando entender mejor mi dolor a través de los paralelos con la experiencia de mi hermano mayor.

Una tarde tranquila de domingo, me encontré sentado en mi habitación, mirando por la ventana hacia el patio trasero. La brisa suave mecía las hojas de los árboles, y el sol brillaba débilmente a través de las nubes dispersas. Era un día sereno que invitaba a la introspección.

—Josh, ¿te importa si entro? —dijo papá desde la puerta entreabierta.

—Claro, papá. Adelante —respondí, dando la bienvenida a su compañía.

Papá se sentó a mi lado en la cama, una expresión de preocupación y cariño en su rostro.

—He notado que has estado reflexionando mucho últimamente. ¿Cómo estás realmente, Josh?

Sus palabras me hicieron pensar en cómo había estado lidiando con el dolor desde la pérdida de Fernando. Tomé un momento antes de responder.

—Es difícil, papá. A veces me pregunto si Fernando y yo éramos más similares de lo que pensaba. Si él luchaba con cosas que yo también enfrento, pero nunca hablamos al respecto.

Papá asintió con comprensión.

—Es natural cuestionarse eso, hijo. Todos tenemos nuestras luchas internas, incluso cuando no las compartimos abiertamente con los demás.

Recordé las veces que Fernando había estado allí para mí, escuchándome y apoyándome en momentos difíciles. Ahora me preguntaba si había oportunidades perdidas para hacer lo mismo por él.

—A veces me siento culpable, papá. Me pregunto si pude haber hecho más por Fernando, si pude haber visto las señales antes de que fuera demasiado tarde.

Papá puso una mano reconfortante en mi hombro.

—Josh, es normal sentirse así. Pero también debes recordar que no tienes la culpa. Todos hacemos lo mejor que podemos con lo que sabemos en ese momento. Y ahora, lo más importante es cómo eliges seguir adelante y honrar su memoria.

Sus palabras resonaron profundamente en mí. Sabía que tenía que encontrar una forma de reconciliarme con mi propio dolor y con los sentimientos de culpa que surgían de mis reflexiones.

Esa noche, mientras reflexionaba en silencio en mi habitación, decidí escribir en mi diario. Quería poner en palabras mis pensamientos y emociones, dejando que fluyeran libremente en la página.

"Querido diario,

Hoy he estado pensando mucho sobre Fernando y sobre mí mismo. Me pregunto si alguna vez comprendí realmente las luchas internas que él enfrentaba. Si había señales que pasaron desapercibidas, momentos en los que podría haber estado allí para él de la manera que él siempre estuvo para mí.

Es difícil no sentir culpa y arrepentimiento por lo que podría haber sido. Pero también sé que no puedo quedarme atrapado en el pasado. Necesito encontrar una forma de aprender de esta experiencia y crecer a partir de ella.

Quiero vivir mi vida de manera que honre su memoria, encontrando fuerza en los buenos recuerdos que compartimos y buscando la luz en medio de la oscuridad del duelo.

Con esperanza,

Josh"

Terminé de escribir y cerré el diario con un suspiro. A través de mis reflexiones personales, estaba comenzando a encontrar claridad y una perspectiva renovada sobre mi propio camino de sanación. Sabía que aún habría días difíciles por delante, pero ahora me sentía más preparado para enfrentarlos con la fortaleza y el entendimiento que había ganado a través de estas reflexiones profundas.

Capítulo 15: Voces del Silencio

La soledad y el aislamiento son sentimientos que todos enfrentamos en algún momento de nuestras vidas. A veces, estos sentimientos pueden intensificarse hasta convertirse en una carga emocional abrumadora, llevando a algunas personas a decisiones extremas como el suicidio. Desde la pérdida de Fernando, he estado reflexionando mucho sobre cómo la soledad y el aislamiento podrían haber jugado un papel en su trágica decisión.

Una noche lluviosa de otoño, me encontré sentado solo en mi habitación, contemplando las sombras que se movían en las paredes iluminadas por la tenue luz de la lámpara de noche.

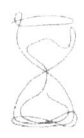

—Josh, ¿puedo pasar un momento contigo? —dijo mamá desde la puerta entreabierta.

—Claro, mamá. Adelante —respondí, dándole la bienvenida a su compañía.

Mamá se sentó a mi lado en la cama, su presencia tranquilizadora llenando el espacio entre nosotros.

—Josh, he estado pensando en cómo te has sentido últimamente. Sé que has estado pasando por mucho desde que Fernando se fue.

Asentí lentamente, sintiendo que las palabras que ella no decía eran tan importantes como las que sí decía.

—A veces me siento tan solo, mamá. Como si no pudiera compartir estas emociones con nadie más, incluso con la familia.

Mamá puso una mano sobre la mía con ternura.

—Josh, la soledad puede ser abrumadora. Pero quiero que sepas que no estás solo en esto. Estamos aquí para ti, siempre.

Sus palabras fueron un bálsamo para mi alma dolorida. Sentí el peso de mi soledad disminuir ligeramente, sabiendo que tenía a mi familia para apoyarme a través de este viaje emocional.

En los días siguientes, continué reflexionando sobre la soledad y el aislamiento que Fernando pudo haber experimentado antes de tomar la decisión final. Recordé los momentos en los que él parecía distante o reservado, preguntándome si había señales que no había visto o entendido en su momento.

Una tarde, me encontré con Sam en el parque, disfrutando del sol de otoño mientras caminábamos juntos.

—Josh, he estado pensando en Fernando. Siento que quizás haya cosas que él no compartió con nosotros, cosas que pudo haber estado enfrentando en silencio — dijo Sam, mirándome con preocupación en los ojos.

Asentí, sintiendo una punzada de dolor en mi corazón.

—Yo también, Sam. A veces me pregunto si había más que podría haber hecho por él, si hubiera sabido lo que estaba pasando en su mente.

Sam puso una mano reconfortante en mi hombro.

—Josh, no puedes culparte por no haber visto algo que estaba oculto en las sombras. A veces, las personas luchan con sus propios demonios internos en silencio, sin dejar que nadie sepa cuánto están sufriendo.

Sus palabras resonaron en mi alma, haciéndome reflexionar sobre la complejidad de las emociones humanas y los desafíos invisibles que enfrentamos cada día.

Esa noche, mientras estaba acostado en mi cama, mirando el techo en la oscuridad, me encontré pensando en cómo abordar la soledad y el aislamiento que a menudo preceden a decisiones tan desesperadas como el suicidio. Sabía que tenía que seguir buscando respuestas y entendimiento, tanto para mi propio proceso de sanación como para honrar la memoria de Fernando.

Cada día, mientras continuaba explorando mis propias emociones y hablando con amigos y familiares, me di cuenta de la importancia de mantener conexiones significativas y de no dejar que la soledad se convierta en un peso demasiado grande para llevar solo. Aprendí que compartir mis pensamientos y emociones con otros no era una señal de debilidad, sino una muestra de fortaleza y valentía para enfrentar las sombras internas que todos enfrentamos en algún momento de nuestras vidas.

A medida que avanzaba en mi camino de sanación, encontré consuelo en la compañía amorosa de mi familia y amigos, y en la esperanza de que, al comprender mejor las voces del silencio que a veces nos rodean, podríamos aprender a ser más compasivos y solidarios con aquellos que luchan en la oscuridad.

[22/6 01:06] M: ### Capítulo 16: Encuentros en el Sueño

Las noches se habían vuelto un laberinto de pensamientos y emociones desde que Fernando partió. En mi soledad nocturna, a menudo me encontraba sumergido en sueños que parecían más reales que la vigilia misma. En esos sueños, me reencontraba simbólicamente con Fernando, explorando emociones no expresadas y enfrentando mis sentimientos más profundos.

Una noche de lluvia torrencial, me vi caminando por un sendero oscuro y borroso. La niebla envolvía el paisaje, añadiendo una sensación de misterio y melancolía al entorno. A lo lejos, vi la figura de alguien que parecía familiar, pero cuya cara no podía distinguir claramente entre la neblina.

—Fernando, ¿eres tú? —llamé, sintiendo un nudo en la garganta mientras me acercaba.

La figura se volvió hacia mí lentamente, revelando los rasgos familiares de mi hermano mayor. Tenía la misma sonrisa amable y los ojos profundos que siempre recordaría.

—Josh, te he estado esperando —dijo Fernando con voz serena, como si todo fuera natural y normal.

Me quedé sin aliento, incapaz de articular palabras mientras me acercaba más a él. Nos abrazamos en un gesto de complicidad y amor fraternal que trascendía cualquier barrera del tiempo o espacio.

—Te extraño tanto, Fernando. ¿Por qué te fuiste? —pregunté con lágrimas en los ojos, dejando salir todas las emociones que había mantenido dentro desde su partida.

Fernando me sostuvo suavemente, su presencia envolviéndome en una sensación de paz y consuelo que nunca había experimentado en la realidad.

—Josh, mi partida fue una elección difícil, pero necesitaba encontrar mi propio camino. No te culpes por lo que no pudiste ver o hacer. Siempre supe cuánto me amabas y cuánto te preocupabas por mí.

Sus palabras resonaron profundamente en mi alma, trayendo consuelo y claridad a mis pensamientos turbios.

—¿Hay algo que deba saber, Fernando? ¿Algún mensaje que necesites transmitirme? —pregunté, deseando aprovechar esta oportunidad única de conexión con mi hermano.

Fernando sonrió con ternura y tomó mis manos entre las suyas.

—Josh, no hay nada más que decirte excepto que te amo y siempre estaré contigo en espíritu. Encuentra la fuerza dentro de ti para seguir adelante, para vivir una vida llena de amor y propósito. Honra nuestra relación viviendo cada día con gratitud y bondad hacia los demás.

Me desperté de ese sueño con el corazón lleno de paz y una sensación de conexión renovada con Fernando. Aunque era consciente de que había sido solo un sueño, sentí que había sido una experiencia profundamente significativa y sanadora.

En los días que siguieron, reflexioné sobre las lecciones y los mensajes que había recibido en mi encuentro en el sueño con Fernando. Aprendí a abrazar las emociones no expresadas y a aceptar la impermanencia de la vida con una actitud de gratitud y aceptación.

Esa noche, antes de dormir, me senté en mi habitación y escribí en mi diario sobre mi experiencia:

"Querido diario,

Hoy tuve un sueño con Fernando. Fue como si estuviéramos juntos de nuevo, hablando y abrazándonos como solíamos hacerlo. Me recordó cuánto lo extraño y cuánto amor compartíamos. Aunque sé que fue solo un sueño, me ha dejado con una sensación renovada de paz y conexión con él.

Me siento agradecido por haber tenido esta experiencia, por haber podido encontrar consuelo en medio de mi dolor. Sé que seguiré adelante con la memoria de Fernando guiándome, recordando sus palabras de amor y sabiduría.

Con amor y gratitud,

Josh"

Con cada palabra escrita, sentí que estaba dando un paso más hacia la sanación y la aceptación de la partida de Fernando. Su presencia seguiría siendo una guía y un faro de esperanza en mi camino hacia adelante.

Capítulo 17: El Camino hacia el Perdón

Desde la partida de Fernando, el peso del dolor y la culpa había estado sobre mis hombros como una losa. Cada día era un recordatorio de las preguntas sin respuesta y de las emociones no resueltas que me consumían. Pero sabía que para sanar, necesitaba enfrentar mi propia culpa y aprender a perdonarme a mí mismo, así como a Fernando.

Una tarde de otoño, decidí visitar el lugar donde solíamos ir a pescar juntos, un pequeño lago rodeado de árboles frondosos y el suave murmullo del agua. Era un lugar que siempre había traído paz y tranquilidad, pero hoy sentía una mezcla de emociones encontradas mientras caminaba por el sendero de tierra.

—Fernando, estoy aquí para hablar contigo —murmuré en voz baja, sintiendo un nudo en la garganta mientras me acercaba al borde del lago.

Me senté en una roca, mirando el agua tranquila mientras dejaba que mis pensamientos fluyeran libremente.

—Me culpo por no haber visto las señales, por no haber estado allí cuando más lo necesitabas. Me pregunto si había algo más que podría haber hecho para cambiar lo que sucedió —susurré, dejando salir las palabras que había guardado dentro de mí durante tanto tiempo.

En el silencio del lugar, cerré los ojos y recordé los momentos felices que compartimos con Fernando. Recordé su risa contagiosa y su espíritu libre mientras explorábamos los senderos del bosque y pescábamos juntos en este mismo lago. Pero también recordé los momentos de silencio incómodo y las señales que ahora parecían tan obvias en retrospectiva.

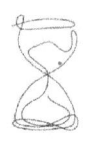

—Fernando, quiero perdonarme por no haber sido más consciente, por no haber visto tu dolor antes de que fuera demasiado tarde. Quiero perdonarte por elegir un camino que no puedo entender completamente, pero que respeto como tu elección personal —dije en voz alta, dejando que mis palabras se llevaran por el viento.

Una brisa suave me acarició el rostro, como si fuera la respuesta de Fernando desde algún lugar más allá de la vida terrenal. Me sentí un poco más ligero, como si una carga hubiera sido levantada de mis hombros.

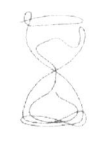

Esa noche, en mi habitación, me senté frente a mi escritorio y escribí en mi diario:

"Querido diario,

Hoy visité nuestro lugar especial en el lago y tuve una conversación con Fernando en mi corazón. Le pedí perdón por no haber visto su dolor antes y por no haber estado allí cuando más me necesitaba. También me perdoné a mí mismo por no haber sido más atento, por no haber hecho más. Fue un paso importante hacia mi proceso de sanación.

Aunque todavía hay dolor y preguntas sin respuesta, siento que he encontrado un poco de paz al enfrentar mis sentimientos y al buscar el perdón. Seguiré recordando a Fernando con amor y gratitud, y seguiré honrando su memoria viviendo una vida plena y significativa.

Con esperanza y gratitud,

Josh"

Con cada palabra escrita, sentí que estaba un paso más cerca de encontrar la paz interior que tanto anhelaba. A través del perdón hacia mí mismo y hacia Fernando, aprendí que la vida es frágil y preciosa, y que debemos valorar cada momento y cada conexión que compartimos con quienes amamos.

Capítulo 18: La Redención de los Recuerdos

Después de meses de introspección y dolor, llegó un momento en el que me permití sumergirme en los recuerdos más felices que compartí con Fernando. Acepté que el dolor y los buenos momentos podían coexistir dentro de mí, y que era parte de mi proceso de sanación reconciliar ambos aspectos de nuestra relación.

Una mañana soleada de primavera, decidí visitar nuestra casa de verano, un pequeño refugio junto al mar donde pasamos muchas vacaciones juntos. El olor salado del océano y el sonido de las olas rompiendo contra la costa me envolvieron mientras caminaba por la playa.

—Fernando, ¿te acuerdas cuando construimos ese castillo de arena gigante y casi nos alcanzó la marea? —dije en voz alta, dejando que la brisa marina llevara mis palabras hacia el cielo azul.

Me senté en la misma roca donde solíamos observar las puestas de sol, recordando cómo Fernando solía buscar conchas marinas y contar historias sobre el mar y sus misterios. Su risa resonaba en mi mente como un eco lejano, trayendo consigo una mezcla de alegría y nostalgia.

—Josh, ¡mira lo que encontré! —exclamó Fernando, sosteniendo una concha en forma de caracola que brillaba con iridiscencias nacaradas.

Sonreí ante el recuerdo vívido de ese día y la alegría pura en los ojos de Fernando. A medida que caminaba por la playa, me di cuenta de que estaba reconstruyendo no solo momentos sino también la persona que era antes de la pérdida de Fernando: alguien capaz de encontrar belleza y felicidad incluso en los pequeños detalles de la vida.

Más tarde esa tarde, regresé a casa y me senté en mi habitación, rodeado de fotos y recuerdos de Fernando. Tomé un álbum de fotos que habíamos creado juntos, hoja por hoja, reviviendo cada momento capturado en esas imágenes.

—¿Recuerdas este día, Fernando? —murmuré, mirando una foto de nosotros montando bicicleta en el parque.

Cerré los ojos y dejé que los recuerdos fluyeran libremente, permitiéndome sentir la plenitud de cada risa compartida y cada abrazo cálido. Acepté que aunque el dolor de su ausencia nunca desaparecería completamente, también había espacio para la gratitud por los años de amor y conexión que compartimos.

Esa noche, escribí en mi diario con una sensación renovada de paz y redención:

"Querido diario,

Hoy fue un día de reconstrucción de recuerdos con Fernando. Visitamos nuestro refugio junto al mar y reviví momentos de alegría y aventura que compartimos juntos. Aunque el dolor de su ausencia sigue presente, estoy aprendiendo a aceptar que los buenos recuerdos también pueden traer consuelo y sanación.

*Me comprometo a honrar su memoria viviendo una vida llena de amor y gratitud por cada momento que compartimos.

Fernando siempre estará en mi corazón, guiándome con su luz y su amor.*

Con amor y redención,

Josh"

Cada palabra escrita fue un paso más hacia la aceptación y la redención de los recuerdos compartidos con Fernando. Aprendí que el proceso de sanación no se trata de olvidar el dolor, sino de encontrar una manera de integrarlo en mi vida mientras sigo adelante con amor y gratitud por lo que fue y siempre será parte de mi historia.

Capítulo 19: El Eco del Vacío

La pérdida de Fernando dejó un vacío profundo en mi vida, un eco sordo que resonaba en cada rincón de mi ser. Desde su partida, me encontraba sumergido en una niebla de emociones difíciles de descifrar: tristeza, confusión, culpa y un dolor que parecía no tener fin.

Una tarde gris y lluviosa, me senté en mi habitación con una taza de té caliente, mirando por la ventana las gotas de lluvia que golpeaban suavemente el cristal. El sonido monótono de la lluvia coincidía con el eco vacío en mi corazón, recordándome la ausencia de Fernando.

—Fernando, ¿por qué? —susurré, dejando que mis pensamientos se deslizaran hacia los momentos en los que aún estaba aquí, llenando nuestras vidas con su risa contagiosa y su espíritu vivaz.

Recordé las veces que compartimos juntos, las conversaciones profundas que tuvimos, y las risas que resonaron en nuestro hogar. Pero también recordé los momentos de silencio incómodo y las señales que ahora parecían tan claras en retrospectiva.

—Josh, ¿cómo estás? —preguntó John, entrando en mi habitación con una expresión de preocupación en su rostro.

—Me siento perdido, John. No puedo dejar de preguntarme qué más podría haber hecho para ayudar a Fernando, para ver las señales antes de que fuera demasiado tarde —confesé, luchando por contener las lágrimas que amenazaban con caer.

John se sentó a mi lado y puso una mano reconfortante sobre mi hombro.

—Lo sé, Josh. Todos nos hemos hecho esas preguntas. Pero no podemos culparnos a nosotros mismos. Fernando tomó una decisión que nos duele profundamente, pero él estaba luchando contra sus propios demonios internos —dijo John con voz serena, transmitiendo una mezcla de dolor y aceptación en sus palabras.

—Pero ¿cómo podemos seguir adelante con este vacío en nuestros corazones? —pregunté, buscando desesperadamente una respuesta que alivie la pesada carga emocional que todos llevábamos.

John suspiró, pensativo, antes de responder.

—Creo que debemos aprender a vivir con el vacío, Josh. Es parte de la experiencia de perder a alguien que amamos de esta manera. Pero también debemos encontrar formas de honrar su memoria y encontrar consuelo en los recuerdos felices que compartimos con él —dijo John con calma, como si estuviera buscando consuelo tanto para mí como para él mismo.

Esa noche, mientras me acostaba en la cama, las palabras de John resonaron en mi mente. Acepté que el vacío nunca desaparecería por completo, pero también me di cuenta de que era posible encontrar paz y consuelo en los recuerdos felices que conservábamos de Fernando.

En los días que siguieron, comencé a explorar formas de llenar el vacío con recuerdos y momentos compartidos con Fernando. Reviví nuestras aventuras juntos a través de álbumes de fotos y cartas que había dejado atrás. Cada recuerdo era una pequeña chispa de luz en la oscuridad que me ayudaba a encontrar un camino hacia la aceptación y la sanación.

A medida que avanzaba en mi proceso de duelo, comprendí que aunque el vacío nunca desaparecería del todo, podía aprender a vivir con él de una manera que honrara la vida y el legado de Fernando. Cada día era un paso hacia adelante en el camino hacia la aceptación y la reconciliación con la pérdida que había dejado un eco silencioso en mi corazón.

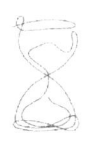

Capítulo 20: Entre la Desesperación y la Fe

La pérdida de Fernando me había sumergido en un mar de emociones turbulentas. A medida que intentaba encontrar sentido y consuelo en medio de la devastación, mi fe y espiritualidad se convirtieron en puntos de apoyo contradictorios: a veces fuente de consuelo, otras veces motivo de conflicto interno.

Una tarde soleada de domingo, decidí visitar la iglesia donde solíamos asistir en familia. El aroma de incienso y las notas suaves del órgano llenaban el espacio sagrado mientras me sentaba en uno de los bancos, sintiendo la familiaridad reconfortante de aquel lugar.

—Dios, ¿dónde estás en todo esto? —susurré, sintiendo la necesidad urgente de respuestas que parecían esquivarme.

Recordé las enseñanzas de la infancia sobre la fe como un refugio seguro en tiempos difíciles. Pero ahora, enfrentando la realidad de la pérdida de Fernando, me encontraba en un cruce de caminos entre la desesperación y la necesidad de encontrar sentido en el sufrimiento.

—Josh, ¿puedo sentarme contigo? —preguntó Margaret, mi madre, acercándose con una expresión de comprensión en su rostro.

Asentí, agradecido por su presencia mientras nos sentábamos juntos en silencio, compartiendo el peso del dolor que pesaba sobre nuestros corazones.

—Mamá, a veces me pregunto si nuestra fe tiene sentido en momentos como este. ¿Cómo puedo reconciliar la idea de un Dios amoroso con la realidad del sufrimiento y la pérdida? —confesé, buscando respuestas en los ojos sabios de mi madre.

Ella suspiró, tomando mi mano con ternura.

—Josh, entiendo tus preguntas y tus dudas. Pero la fe no siempre nos ofrece respuestas claras o soluciones instantáneas. A veces, es en la oscuridad donde nuestra fe se pone a prueba y donde encontramos una presencia divina que trasciende el entendimiento humano — respondió Margaret con voz suave, transmitiendo una mezcla de fortaleza y vulnerabilidad.

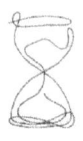

—Pero, mamá, ¿cómo puedo reconciliar la idea de un Dios amoroso con la tragedia de Fernando? —pregunté con frustración, sintiendo que la respuesta se me escapaba una vez más.

—La fe no elimina el dolor, Josh. Pero puede ofrecer consuelo al saber que no estamos solos en nuestro sufrimiento. A veces, encontrar sentido significa confiar en que hay un propósito más grande que no podemos entender completamente en este momento —dijo Margaret con serenidad, ofreciendo una perspectiva que resonaba en mi alma atribulada.

Esa noche, mientras reflexionaba en mi habitación, miré hacia el cielo estrellado en busca de alguna señal de paz y comprensión. Recordé los momentos de conexión espiritual que compartí con Fernando y cómo su búsqueda de significado había sido una parte integral de su vida.

—Fernando, ¿dónde estás ahora? —murmuré, dejando que mis pensamientos se elevaran hacia él en busca de algún tipo de respuesta.

En el silencio de la noche, sentí una calma tranquila envolverme, como si una respuesta no verbal hubiera llegado en forma de paz interior. Comprendí que la fe y la espiritualidad eran caminos individuales hacia el consuelo y la comprensión, y que mi proceso de duelo incluía aprender a aceptar las preguntas sin respuestas definitivas.

En los días que siguieron, encontré consuelo en la oración y la reflexión, permitiéndome explorar mi relación con la fe de una manera más íntima y personal. Acepté que la fe no siempre proporciona certezas, pero puede ofrecer un refugio en medio de la incertidumbre y el dolor.

A medida que avanzaba en mi camino de sanación, aprendí a valorar la fe como una fuente de fortaleza y consuelo, incluso cuando mis preguntas seguían sin respuesta. Mi viaje entre la desesperación y la fe se convirtió en un testimonio de la capacidad humana de encontrar esperanza y significado incluso en los momentos más oscuros de la vida.

Parte 3: Un adiós con eternos recuerdos

Capítulo 21: Lecciones del Dolor

La vida nos enseña lecciones inesperadas a través del dolor. A medida que mi corazón sanaba lentamente después de la pérdida de Fernando, comencé a reflexionar sobre las lecciones profundas que el dolor me había enseñado.

Una tarde tranquila de otoño, caminaba por el parque cerca de casa, observando cómo las hojas doradas caían lentamente al suelo. El paisaje otoñal parecía reflejar mi propia transformación interior: una mezcla de colores vivos y melancolía silenciosa.

—Fernando solía amar el otoño. Siempre decía que era una época de cambios y renovación —comenté en voz alta, permitiendo que mis pensamientos vagaran hacia él.

Recordé cómo solíamos correr por este mismo parque, riendo mientras las hojas crujían bajo nuestros pies. Esos recuerdos, una vez dolorosos, comenzaban a traer consuelo y calidez a mi corazón.

Más tarde esa tarde, me senté en mi escritorio con una libreta y un bolígrafo, listo para reflexionar sobre las lecciones que el dolor me había enseñado. Las palabras fluían como un río tranquilo mientras escribía:

"Querido diario,

El dolor de perder a Fernando ha sido abrumador y desgarrador. Pero a través de este sufrimiento, he aprendido lecciones que nunca hubiera esperado.

He aprendido que el tiempo no sana todas las heridas, pero nos da espacio para sanar.

He aprendido que la vida es frágil y preciosa, y que debemos abrazar cada momento con gratitud.

He aprendido que el amor trasciende la distancia y el tiempo, y que la memoria de los seres queridos nunca desaparece.

He aprendido que la fuerza reside en la vulnerabilidad, y que compartir mi dolor con otros me ha hecho más fuerte.

He aprendido que la vida es un camino de altibajos, y que el dolor puede ser una oportunidad para crecer y transformarse.

Con cada lágrima derramada y cada suspiro profundo, estoy aprendiendo a abrazar la complejidad de la vida y a encontrar belleza incluso en los momentos más oscuros.

Con amor y gratitud,

Josh"

Cada palabra escrita era un paso hacia la aceptación y la comprensión más profunda de mi propio dolor. A medida que releía mis pensamientos, me di cuenta de que el dolor no era solo una carga que soportar, sino una oportunidad para aprender, crecer y transformarme.

En las semanas que siguieron, compartí mis reflexiones con Margaret, Edgar y John, encontrando consuelo en nuestra capacidad para apoyarnos mutuamente a través del dolor compartido. Aprendí que el dolor no nos separa, sino que puede unirnos en un vínculo más profundo de comprensión y empatía.

Una noche, mientras contemplaba las estrellas en el cielo nocturno, me di cuenta de que aunque el dolor de perder a Fernando nunca desaparecería por completo, había aprendido a llevarlo con gracia y aceptación. Susurré hacia el cielo estrellado:

—Gracias, Fernando, por enseñarme lecciones que nunca olvidaré.

En el silencio de la noche, sentí una sensación de paz interior, sabiendo que el dolor había sido un maestro inesperado pero profundo en mi viaje de vida. A medida que seguía adelante, llevaba conmigo las lecciones del dolor como un faro de sabiduría y comprensión en mi camino hacia adelante.

Capítulo 22: Renacimiento en la Adversidad

La vida tiene una forma sorprendente de enseñarnos lecciones a través de la adversidad. Después de atravesar la oscuridad de la pérdida y el dolor por la partida de Fernando, comencé a descubrir un camino de renacimiento personal y emocional que nunca habría imaginado.

Una mañana fresca de primavera, decidí caminar por el sendero cerca del río donde solíamos ir de excursión con Fernando. El sol brillaba entre las ramas de los árboles nuevos y verdes, y el aroma de las flores silvestres llenaba el aire. Cada paso que daba era un recordatorio de la belleza efímera de la vida y de la capacidad de la naturaleza para renovarse constantemente.

—Fernando estaría admirando estas flores ahora mismo —comenté en voz alta, permitiendo que mis pensamientos se deslizaran hacia él.

Caminé en silencio, dejando que mis emociones fluyeran como el agua del río cercano. Recordé los momentos felices que compartimos juntos en este mismo sendero, las conversaciones profundas y las risas que resonaban en el aire fresco de la mañana.

Más tarde ese día, me senté en mi escritorio con una libreta y un bolígrafo, listo para explorar mis pensamientos y emociones en un intento de entender el proceso de renacimiento que estaba experimentando. Comencé a escribir:

"Querido diario,

La vida me ha llevado por un camino inesperado de pérdida y dolor profundo. Pero a través de esta oscuridad, estoy descubriendo una nueva luz: el renacimiento en medio de la adversidad.

He aprendido que la pérdida no marca el final, sino el comienzo de una transformación profunda. Con cada lágrima derramada y cada suspiro profundo, estoy encontrando fuerza en mi vulnerabilidad y esperanza en la incertidumbre.

He aprendido que el dolor puede ser un catalizador para el crecimiento personal y emocional. Me está enseñando a apreciar cada momento y a valorar las conexiones humanas más profundamente.

He aprendido que el renacimiento no significa olvidar o dejar atrás, sino honrar y celebrar lo que fue mientras abrazo lo que está por venir.

Con gratitud y determinación,

Josh"

Cada palabra escrita era un paso hacia adelante en mi viaje de renacimiento. A través de la escritura y la reflexión, comencé a ver la belleza en medio del dolor y la oportunidad de crecimiento en la adversidad.

En las semanas que siguieron, compartí mis reflexiones con Margaret, Edgar y John, encontrando consuelo en nuestra capacidad para apoyarnos mutuamente mientras navegábamos por el mar de emociones que la pérdida de Fernando había dejado a su paso. Juntos, aprendimos a encontrar belleza y significado incluso en los momentos más oscuros de nuestras vidas.

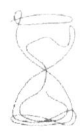

Una noche, mientras miraba las estrellas en el cielo nocturno, me di cuenta de que aunque la tragedia había dejado una marca indeleble en mi corazón, también me había dado la oportunidad de redescubrir mi fuerza interior y mi capacidad para enfrentar los desafíos con valentía.

—Fernando, siempre estarás en nuestros corazones. Gracias por enseñarnos el poder del renacimiento en la adversidad —susurré hacia el cielo estrellado, sintiendo una profunda sensación de paz y gratitud.

En el silencio de la noche, encontré consuelo en la certeza de que el renacimiento en la adversidad no solo era posible, sino una parte integral de nuestro viaje humano hacia la plenitud y la aceptación.

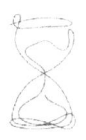

Capítulo 23: El Viaje Interior

Después de meses de duelo y reflexión, decidí embarcarme en un viaje introspectivo para reconciliar mis emociones y encontrar paz interior. Necesitaba explorar los rincones más profundos de mi ser, enfrentar mis miedos y aprender a vivir con la pérdida de Fernando de una manera que honrara su memoria y mi propio proceso de sanación.

Decidí comenzar mi viaje en un retiro espiritual en las montañas, donde la serenidad del entorno natural y la ausencia de distracciones me permitirían sumergirme en mi propia introspección. Al llegar, fui recibido por el sonido suave del viento entre los árboles y el aroma fresco de la tierra húmeda después de la lluvia.

—Bienvenido, Josh. Estamos aquí para apoyarte en tu viaje interior —me dijo el guía del retiro, un hombre de aspecto sereno con ojos comprensivos que irradiaban calma.

Durante los primeros días, participé en meditaciones guiadas y caminatas silenciosas por el bosque, permitiendo que mi mente se aquietara y mis emociones encontraran espacio para fluir libremente. En las noches, escribía en mi diario, capturando mis pensamientos y sentimientos a medida que emergían de las profundidades de mi alma.

Una tarde, mientras caminaba por un sendero solitario, me encontré con una anciana que parecía emanar una tranquilidad infinita. Nos sentamos juntos en un banco de madera, mirando el paisaje montañoso extendiéndose ante nosotros.

—La pérdida nos confronta con nuestra propia vulnerabilidad y nos invita a encontrar fuerza en la aceptación —comentó la anciana con voz suave y arrulladora.

—Sí, estoy tratando de entender cómo seguir adelante sin sentir que estoy dejando atrás a Fernando —respondí, sintiendo la urgencia de compartir mi dolor con alguien que parecía entender.

—El camino hacia la paz interior no es lineal, querido. Es un viaje de altibajos, donde cada paso nos acerca un poco más a la aceptación y al perdón, tanto para nosotros mismos como para quienes ya no están con nosotros —dijo la anciana, sus palabras resonando en mi corazón como un eco de verdad profunda.

En los días siguientes, me sumergí más profundamente en la práctica de la meditación y la reflexión. Cada sesión de meditación era un viaje hacia mi interior, explorando las capas de emociones que habían estado enterradas bajo la superficie del dolor.

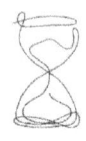

Una noche, bajo el resplandor plateado de la luna llena, escribí una carta a Fernando, compartiendo mis pensamientos más íntimos y mis deseos de encontrar paz interior.

"Querido Fernando,

A medida que navego por este viaje de sanación, me doy cuenta de lo mucho que te extraño y lo profundo que es el dolor de tu partida. Pero también estoy aprendiendo a encontrar luz en medio de la oscuridad.

Estoy aprendiendo que el camino hacia la paz interior no está en olvidarte, sino en llevar tu recuerdo con gratitud y aceptación. Estoy aprendiendo a vivir con la certeza de que tu luz brillará en mí para siempre, guiándome en mi camino.

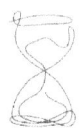

Te extraño todos los días, pero sé que tu espíritu vive en cada momento de paz y belleza que encuentro en este viaje.

Con amor y esperanza,

Josh"

Al leer esas palabras bajo la luz serena de la luna, sentí un peso levantarse de mis hombros. Comprendí que el viaje interior hacia la paz no era un destino final, sino un proceso continuo de autodescubrimiento y aceptación.

Regresé a casa con una sensación renovada de calma y determinación. Aunque sabía que el camino de sanación aún tendría sus desafíos, me sentí fortalecido por el conocimiento de que había comenzado a reconciliar mis emociones y a encontrar paz interior en medio del dolor.

Capítulo 24: La Maraña del Destino

La vida es una maraña intrincada de caminos, decisiones y acontecimientos que parecen entrelazarse en un patrón complejo que a veces resulta difícil de comprender. Después de todo lo que he pasado, comencé a reflexionar profundamente sobre el concepto del destino y cómo las decisiones que tomamos, incluso las más trágicas, moldean nuestras vidas de maneras que a veces escapan a nuestra comprensión.

Una tarde soleada de verano, caminaba por el parque cerca de casa, dejando que mis pensamientos vagaran libremente mientras observaba a la gente pasar. Me detuve en un banco bajo la sombra de un árbol y comencé a escribir en mi diario, tratando de dar sentido a las experiencias y desafíos que habían marcado mi camino hasta ahora.

"Querido diario,

La vida nos presenta situaciones y decisiones que parecen estar entrelazadas en un tejido invisible de destino. Me pregunto si algunas cosas están destinadas a suceder, o si somos nosotros quienes creamos nuestro propio camino con cada elección que hacemos.

Pensar en la pérdida de Fernando me lleva a cuestionar el curso de nuestras vidas. ¿Fue su decisión inevitable o hubo algo más que pudiera haber hecho para cambiar su destino?

El dolor y la confusión me acompañan en este viaje de reflexión. Aunque sé que no puedo cambiar el pasado, me pregunto cómo las decisiones individuales pueden tener un impacto tan profundo en nuestras vidas y en las vidas de quienes nos rodean.

Con incertidumbre y curiosidad,

Josh"

Cada palabra escrita era un intento de desentrañar los misterios del destino y las fuerzas que parecen guiar nuestras vidas. Me di cuenta de que la vida es un equilibrio entre lo que está en nuestras manos y lo que está más allá de nuestro control, una danza constante entre la voluntad y las circunstancias.

En las semanas siguientes, tuve conversaciones profundas con Margaret, Edgar y John sobre el tema del destino y las decisiones. Cada uno tenía una perspectiva única, pero todos coincidíamos en que la vida a menudo nos lleva por senderos inesperados que desafían nuestras expectativas y creencias.

Una noche, mientras observaba las estrellas en el cielo nocturno, me encontré pensando en las palabras de Fernando durante una de nuestras últimas conversaciones juntos:

—A veces, siento que estoy atrapado en un destino del cual no puedo escapar, Josh. ¿Crees que nuestras vidas están predestinadas de alguna manera?

Recordé cómo discutimos durante horas sobre la naturaleza del destino y la libertad de elección. Fernando tenía una visión fatalista en algunos aspectos, mientras que yo siempre había creído en la capacidad del individuo para influir en su propio destino.

—Creo que nuestras elecciones importan, Fernando. Aunque el destino pueda tener un papel en nuestras vidas, nuestras decisiones también tienen un poderoso impacto en el curso que tomamos — respondí en ese entonces, reflexionando sobre nuestras conversaciones mientras miraba las estrellas.

A medida que el tiempo pasaba, llegué a aceptar que el destino es una mezcla compleja de circunstancias externas y elecciones personales. Aunque algunas cosas pueden parecer predestinadas, nuestra capacidad para elegir cómo respondemos a esas circunstancias sigue siendo fundamental para dar forma a nuestro viaje.

Regresé a casa esa noche con una sensación renovada de entendimiento y aceptación. Aunque aún no tenía todas las respuestas sobre el destino y las decisiones, había aprendido a abrazar la incertidumbre como parte del tejido mismo de la vida.

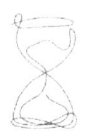

Capítulo 25: El Umbral de la Esperanza

La esperanza es un hilo delicado que teje susurros de posibilidad entre los escombros del dolor y la pérdida. Después de atravesar meses de oscuridad y confusión, comencé a vislumbrar el umbral de la esperanza, un lugar donde la sanación y la aceptación se entrelazan en un baile lento y reconfortante.

Una tarde tranquila, me encontraba sentado en el jardín trasero, observando cómo el sol se filtraba entre las hojas del roble centenario. Margaret se acercó y se sentó a mi lado, su presencia tranquila como una brisa suave en medio del silencio.

—Josh, he estado pensando en cómo has estado manejando todo esto. Me preocupa que te estés aferrando demasiado al dolor —dijo suavemente, rompiendo el silencio con sus palabras llenas de preocupación maternal.

—Lo sé, mamá. Es difícil dejar ir todo esto. A veces siento que si me rindo completamente al proceso de sanación, estaré olvidando a Fernando —respondí, dejando que mis pensamientos fluyeran libremente.

Margaret colocó una mano cálida sobre la mía, transmitiendo una sensación de consuelo y apoyo sin palabras.

—Sanar no significa olvidar, Josh. Significa encontrar una manera de llevar el dolor y los recuerdos con nosotros mientras seguimos adelante. La esperanza es parte de ese proceso —me dijo con voz suave pero firme.

Esa conversación resonó en mi mente mientras reflexionaba sobre lo que significaba la esperanza para mí. Decidí comenzar a escribir en mi diario, intentando capturar la esencia de mis pensamientos en palabras:

"Querido diario,

La esperanza ha comenzado a abrirse paso a través de las grietas del dolor que he sentido desde que Fernando se fue. Es un sentimiento delicado y frágil, pero poderoso en su capacidad de guiarme hacia adelante.

Estoy aprendiendo que la esperanza no es solo una creencia en un futuro mejor, sino un proceso continuo de aceptación y sanación. Es la capacidad de encontrar luz incluso en los momentos más oscuros.

No sé qué nos depara el futuro, pero estoy decidido a abrazar la esperanza como una compañera en mi viaje de sanación.

Con gratitud y determinación,

Josh"

A medida que pasaban los días, encontré pequeños destellos de esperanza en las interacciones cotidianas y los momentos simples de la vida. Una sonrisa amable de un extraño en el supermercado, la calidez reconfortante de una taza de té al final del día, la risa compartida con John sobre un recuerdo divertido de la infancia con Fernando.

Una noche, mientras observaba el cielo estrellado desde mi ventana, me di cuenta de que la esperanza no era solo un destino final, sino un viaje continuo de apertura y aceptación. Era el reconocimiento de que el dolor y la alegría pueden coexistir, y que cada paso hacia adelante en mi camino de sanación era un tributo al amor y la vida que compartí con Fernando.

—Gracias, hermano —susurré hacia las estrellas brillantes, sintiendo una conexión profunda con el universo y conmigo mismo.

En ese momento, supe que la esperanza era más que un sentimiento; era una elección diaria de creer en la posibilidad de la luz incluso en medio de la oscuridad más profunda.

Capítulo 26: Entre la Vida y la Muerte

La noche envolvía la habitación con su manto oscuro, mientras yo permanecía sentado en el borde de la cama, perdido en mis pensamientos más profundos. Durante meses, había estado enfrentando el dolor abrumador de la pérdida de Fernando y tratando de comprender las complejidades de la vida y la muerte.

—Josh, ¿estás bien? —preguntó John desde la puerta entreabierta, su voz llena de preocupación.

—Solo estoy pensando en cosas, John. Cosas difíciles de entender —respondí, sin apartar la mirada del suelo.

Mi hermano se acercó y se sentó a mi lado, compartiendo mi silencio mientras las sombras de la noche se alargaban en la habitación.

—A veces me pregunto si Fernando encontró la paz que buscaba al final —confesó John después de un largo momento de silencio, sus palabras flotando en el aire como una brisa fría.

—Yo también lo he pensado. ¿Crees que hay momentos en los que la muerte puede parecer un alivio del sufrimiento? —pregunté, mi voz apenas un susurro en la quietud de la habitación.

John reflexionó antes de responder, eligiendo sus palabras con cuidado.

—No lo sé, Josh. Creo que para algunas personas, el dolor puede parecer tan abrumador que la muerte puede verse como una salida. Pero también sé que hay momentos de belleza y amor en la vida que valen la pena ser vividos, incluso cuando el dolor parece insuperable —dijo con una sinceridad que resonó en lo más profundo de mí.

Aquella noche, mientras contemplaba el brillo fugaz de las estrellas a través de la ventana, me encontré sumido en una reflexión profunda sobre la naturaleza de la vida y la muerte. Escribí en mi diario, tratando de dar forma a mis pensamientos y sentimientos:

"Querido diario,

La dicotomía entre vivir con dolor y el acto de morir como escape del sufrimiento sigue rondando mis pensamientos. A veces me pregunto si la muerte es realmente una salida válida cuando el dolor se vuelve insoportable. Pero también sé que hay momentos de conexión, amor y belleza en la vida que parecen trascender el sufrimiento.

Me esfuerzo por entender cómo equilibrar estas dos realidades opuestas. ¿Es la vida un regalo incondicional que debemos aferrarnos a pesar del dolor, o es la muerte una opción legítima cuando el sufrimiento se vuelve demasiado?

Con confusión y anhelo de comprensión,

Josh"

En los días siguientes, continué explorando estas ideas con amigos cercanos y familiares. Cada conversación aportaba nuevas perspectivas y matices a mi comprensión de la vida y la muerte como entrelazadas en un delicado baile de luz y sombra.

Una tarde, mientras caminaba por el parque, me detuve junto a un estanque sereno y dejé que mis pensamientos fluyeran libremente. Recordé las palabras de Fernando en una de nuestras últimas conversaciones juntos:

—A veces siento que la vida y la muerte son solo dos caras de la misma moneda, Josh. Como si estuviéramos destinados a enfrentarlas a ambas en algún momento.

Su voz resonó en mi mente mientras miraba mi reflejo en el agua quieta del estanque. Me di cuenta de que la vida era una experiencia única y preciosa, llena de altibajos, luces y sombras. Y aunque la muerte podía parecer una puerta hacia el final del sufrimiento, también era un recordatorio de la profundidad y el valor de cada momento vivido.

Esa noche, escribí una última entrada en mi diario antes de acostarme, sintiendo una mezcla de paz y resignación en mi corazón:

"Querido diario,

Hoy he reflexionado sobre la dicotomía entre vivir con dolor y el acto de morir como escape del sufrimiento. A través de conversaciones y reflexiones, he llegado a comprender que la vida y la muerte son parte de un ciclo inevitable, cada una con su propia belleza y complejidad.

Aunque el dolor pueda nublar nuestra visión en momentos difíciles, también hay momentos de amor, conexión y esperanza que hacen que la vida valga la pena. Acepto que la muerte puede parecer una opción cuando el sufrimiento es abrumador, pero también reconozco la importancia de encontrar significado y propósito en cada respiración que tomamos.

Con gratitud por la vida y sus misterios,

Josh"

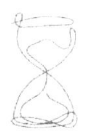

Capítulo 27: El Coraje de Recordar

En las profundidades silenciosas de la noche, me encontraba frente al escritorio, rodeado por las sombras que se extendían desde la lámpara tenue sobre mí. Hojas de papel dispersas y un diario abierto ante mí reflejaban mi intento de enfrentar el dolor de los recuerdos.

Cada palabra que escribía era como un pequeño paso hacia adelante en el laberinto de emociones que me había sumergido desde la partida de Fernando. Recordaba con claridad el día en que nos reímos juntos mientras jugábamos al escondite en el parque, y también cómo su sonrisa iluminaba incluso los días más oscuros.

John entró en la habitación, interrumpiendo mi trance reflexivo. Su presencia era reconfortante, un ancla en mi tormenta emocional.

—¿Cómo estás, Josh? —preguntó John con voz suave, observando mis ojos cansados pero llenos de determinación.

—Estoy tratando de enfrentar los recuerdos, John. Es difícil, pero creo que es necesario —respondí, mi voz apenas un susurro en la quietud de la habitación.

John asintió con comprensión y se sentó a mi lado, compartiendo el silencio y el peso de la memoria que nos unía.

—A veces siento que los recuerdos son como un doble filo. Nos traen alegría pero también dolor. Pero debemos recordar, ¿no crees? —dijo John después de un momento, sus palabras resonando con una verdad que había evitado enfrentar.

—Sí, debemos recordar. Es la única manera de honrarlo y mantenerlo vivo en nuestro corazón —respondí, sintiendo un nudo en la garganta mientras las lágrimas amenazaban con emerger.

Esa noche continué escribiendo en mi diario, dejando que las palabras fluyeran como un río de emociones que habían estado reprimidas durante demasiado tiempo:

"Querido diario,

Hoy me enfrenté al dolor de los recuerdos. Cada palabra escrita fue como un acto de valentía, un paso hacia adelante en mi viaje de sanación.

Recordé cómo Fernando y yo solíamos correr por el jardín trasero, persiguiendo mariposas y soñando con aventuras más allá de nuestro pequeño mundo. Su risa era música para mis oídos, una melodía que aún resuena en el silencio de la noche.

Es difícil aceptar que ya no está aquí físicamente, pero sus recuerdos son un tesoro que guardo cerca de mi corazón. A través de ellos, encuentro la fuerza para seguir adelante, sabiendo que su espíritu vive en cada momento compartido.

Con gratitud por los recuerdos y el coraje de enfrentarlos,

Josh"

Con cada palabra escrita, sentí una ligera liberación del peso que había estado cargando desde la pérdida de Fernando.

Era como si al recordarlo y abrazar los recuerdos, encontrara una manera de integrar su ausencia en mi vida cotidiana.

En los días siguientes, exploré los recuerdos con más detalle. Conversé con Margaret sobre las anécdotas de nuestra infancia y me reí con John sobre las travesuras de Fernando que aún recordábamos con cariño. Cada conversación, cada recuerdo compartido, era una piedra más en el camino hacia la aceptación y la paz interior.

Una tarde soleada, mientras paseaba por el parque donde Fernando solía jugar de niño, una mariposa amarilla se posó en mi hombro. Miré hacia arriba y sonreí, sintiendo una conexión fugaz pero significativa con mi hermano perdido.

—Gracias, Fernando —susurré hacia el cielo azul, dejando que el viento llevase mis palabras hacia el infinito.

Capítulo 28: La Persistencia del Amor

El sol se filtraba a través de las cortinas, pintando rayas doradas en el suelo de la habitación. Me encontraba sentado en mi escritorio, rodeado de fotografías de Fernando y yo, recuerdos congelados en el tiempo que parecían palpitar con vida propia. Era difícil creer que había pasado un año desde su partida, y aún más difícil aceptar que nunca más escucharía su risa contagiosa o vería su sonrisa cálida.

—Josh, ¿te gustaría dar un paseo por el parque hoy? —preguntó Margaret, entrando suavemente en la habitación y colocando una mano reconfortante sobre mi hombro.

—Creo que sí, mamá. Necesito un poco de aire fresco —respondí, forzando una sonrisa que apenas ocultaba el peso en mi corazón.

Caminamos en silencio por el parque, el susurro de las hojas y el canto de los pájaros creando una melodía suave a nuestro alrededor. Sentí la necesidad de hablar, de compartir el peso que llevaba dentro.

—Mamá, ¿crees que el amor puede persistir más allá de la muerte física? —pregunté finalmente, mirando hacia el estanque tranquilo donde los patos jugueteaban en el agua.

Margaret tomó mi mano con ternura y se detuvo, mirándome con ojos llenos de comprensión y amor.

—Sí, Josh. Creo que el amor es algo que trasciende las limitaciones físicas. Aunque Fernando ya no esté físicamente con nosotros, su amor vive en cada recuerdo que compartimos, en cada sonrisa que nos regaló. Es un lazo que nunca se rompe, incluso a través de la distancia y el tiempo —respondió con voz serena, sus palabras resonando en mi alma como una melodía reconfortante.

Aquellas palabras resonaron en mi mente mientras continuaba mi día, reflexionando sobre la idea del amor que persiste más allá de la muerte. Encontré consuelo en los recuerdos compartidos con Fernando, momentos de risas y complicidad que aún brillaban con una intensidad que el tiempo no podía disminuir.

Esa noche, mientras hojeaba un álbum de fotos en mi habitación, me encontré deteniéndome en una imagen en particular: Fernando sosteniendo un pequeño gato negro con una expresión de pura alegría en su rostro. Recordé el día en que encontramos a ese gatito abandonado en el callejón cerca de casa, y cómo Fernando insistió en llevarlo a casa y cuidarlo como si fuera su propio tesoro.

—Te extraño, hermano —susurré hacia la fotografía, dejando que mis emociones fluyeran libremente.

Esa noche, tuve un sueño vívido donde caminaba por un campo bañado por la luz del atardecer. En la distancia, vi a Fernando sentado bajo un árbol, una sonrisa radiante en su rostro mientras me hacía señas para que me acercara.

—Josh, siempre estaré contigo, en cada recuerdo y en cada latido de tu corazón —dijo con voz tranquila pero llena de amor.

Desperté con una sensación de paz y consuelo que no había sentido en mucho tiempo. Me di cuenta de que, aunque la ausencia física de Fernando era dolorosa, su presencia vivía en cada fibra de mi ser, en cada recuerdo compartido y en cada momento de amor compartido.

Con el tiempo, aprendí a encontrar consuelo en la idea de que el amor verdadero nunca muere. Es un lazo eterno que une nuestros corazones más allá de las fronteras del tiempo y el espacio. Y mientras continúo mi camino, llevando conmigo los recuerdos preciados de Fernando, sé que su amor seguirá guiándome, iluminando mi camino incluso en los momentos más oscuros.

Capítulo 29: Un Nuevo Comienzo

El sol de la mañana se filtraba a través de las cortinas entreabiertas, llenando mi habitación con una luz cálida y reconfortante. Era un nuevo día, y aunque el dolor de la pérdida de Fernando aún estaba presente, sentía una chispa de esperanza creciendo en mi interior.

Me encontraba en la cocina preparando café cuando John entró, su semblante sereno pero con una mirada de preocupación en sus ojos.

—¿Cómo estás hoy, Josh? —preguntó John, colocándose junto a mí y sirviéndose una taza de café.

Tomé un sorbo antes de responder, tratando de encontrar las palabras adecuadas para expresar mis pensamientos.

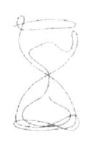

—Estoy bien, John. Me siento… diferente. Como si finalmente estuviera empezando a ver un camino hacia adelante —respondí, observando el vapor que se elevaba lentamente de la taza entre mis manos.

John asintió con comprensión, apoyándome con su presencia silenciosa pero reconfortante. Ambos sabíamos que el camino hacia la sanación era largo y lleno de altibajos, pero estábamos dispuestos a recorrerlo juntos.

Después del desayuno, decidí dar un paseo por el parque cercano. El aire fresco y el paisaje verde me ayudaban a tranquilizar mi mente mientras reflexionaba sobre el futuro. Observé a los niños jugando en el área de juegos y a las parejas paseando de la mano, preguntándome si algún día encontraría la felicidad nuevamente.

Mientras caminaba, me encontré con Sam, un amigo de la infancia de Fernando. Habíamos compartido muchos recuerdos juntos, y su presencia me reconfortaba de alguna manera.

—Hola, Josh. ¿Cómo estás? —saludó Sam con una sonrisa amable.

—Hola, Sam. Estoy tratando de avanzar, poco a poco —respondí sinceramente.

Sam asintió con empatía, su expresión reflejando una mezcla de tristeza y esperanza.

—Fernando siempre hablaba de ti con tanto cariño. Sabes, él quería que todos fueran felices, incluso cuando él mismo estaba luchando. Creo que encontrarás tu camino hacia la felicidad de nuevo, Josh. Solo toma tiempo y paciencia —dijo Sam, ofreciéndome unas palabras de aliento que resonaron profundamente en mi corazón.

Aquella tarde, mientras regresaba a casa, reflexioné sobre las palabras de Sam. Era cierto que Fernando siempre había deseado lo mejor para los demás, incluso en sus propios momentos de dificultad. Su espíritu generoso y su amor incondicional seguían siendo una fuente de inspiración para mí.

Decidí hacer algunos cambios en mi vida. Comencé a involucrarme más en actividades que me apasionaban, como la fotografía y el voluntariado en un refugio de animales local. Cada día trataba de encontrar pequeñas alegrías y propósitos que llenaran mi vida de nuevo.

Una noche, mientras organizaba las viejas fotografías de viajes que había tomado con Fernando, encontré una imagen de nosotros en la cima de una montaña, nuestros rostros radiantes con la satisfacción de haber alcanzado la cima juntos.

—Gracias, hermano —susurré hacia la fotografía, sintiendo un nudo en la garganta pero también una sensación de gratitud por los momentos compartidos.

Miré hacia el futuro con una mezcla de esperanza y determinación. Aunque la pérdida de Fernando había dejado un vacío profundo en mi vida, también me había enseñado la importancia de valorar cada momento y buscar la felicidad en las pequeñas cosas.

Con el tiempo, entendí que encontrar la felicidad nuevamente no significaba olvidar a Fernando o dejar atrás su recuerdo. Más bien, se trataba de honrar su legado viviendo una vida plena y significativa, llevando consigo su amor y su espíritu en cada paso del camino. [22/6 01:56] M: ### Capítulo 30: Encontrando el Sentido

El sol se escondía lentamente detrás de las montañas, pintando el cielo con tonos dorados y rosados mientras me sentaba en el porche trasero. Había pasado mucho tiempo desde la partida de Fernando, y ahora, mientras contemplaba el horizonte sereno, sentía una paz interior que había estado buscando durante mucho tiempo.

—Josh, ¿te gustaría dar un paseo por el parque antes de cenar? —preguntó Margaret, colocando una mano reconfortante sobre mi hombro.

Asentí con una sonrisa, agradecido por tener a mi familia a mi lado en este camino de sanación. Caminamos en silencio por senderos familiares, el crujir de las hojas bajo nuestros pies y el suave murmullo del viento creaban una atmósfera de serenidad. Finalmente, decidí compartir mis pensamientos.

—Mamá, papá, John... Ha sido un viaje difícil, pero siento que finalmente estoy encontrando un sentido en todo esto — comenté, sintiendo un peso levantarse de mis hombros al expresar mis sentimientos.

Margaret me miró con ternura, su mirada llena de comprensión y amor maternal.

—Josh, cada experiencia, cada persona que entra en nuestras vidas, deja una huella. Incluso en medio del dolor, hay lecciones que aprender y un sentido que descubrir. Creo que estás encontrando tu camino hacia la paz interior, hacia el entendimiento de lo que significó la vida de Fernando para ti y para todos nosotros —dijo con voz suave pero firme.

Continuamos caminando, absorbidos en nuestros propios pensamientos y reflexiones. Cada árbol, cada banco del parque parecía susurrarnos historias de perseverancia y amor inquebrantable.

Esa noche, mientras cenábamos juntos en la mesa de la cocina, John rompió el silencio con una pregunta que resonó profundamente en mi corazón.

—Josh, ¿qué te ha enseñado todo esto? ¿Qué has descubierto en tu viaje? —preguntó, mirándome con ojos llenos de curiosidad y preocupación fraternal.

Tomé un sorbo de agua, pensando en las palabras adecuadas para responder.

—He aprendido que el dolor y la pérdida no son el final de la historia, sino capítulos que nos transforman de maneras que nunca imaginamos. He descubierto la importancia de la conexión humana, de valorar cada momento y cada relación que tenemos. Y sobre todo, he encontrado un sentido renovado de propósito en honrar a Fernando viviendo una vida llena de compasión y gratitud —respondí, sintiendo cómo mis palabras resonaban con una verdad que había estado buscando desde el día en que Fernando se fue.

La conversación continuó, cada uno compartiendo sus propias reflexiones y aprendizajes en este viaje compartido de sanación y descubrimiento. A medida que la noche avanzaba, sentí un peso levantarse de mi corazón, reemplazado por una calma interior y una sensación de aceptación.

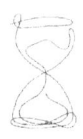

Esa noche, antes de acostarme, reflexioné sobre todo lo que había pasado. Cada lágrima derramada, cada sonrisa compartida, cada momento de soledad y cada gesto de amor había sido parte de mi camino hacia el entendimiento y la paz.

Me dormí con una sensación de gratitud y esperanza renovada en mi corazón. Sabía que el camino no sería fácil, pero ahora tenía la certeza de que tenía la fuerza y el apoyo de mi familia para seguir adelante, honrando a Fernando y encontrando mi propio sentido en este viaje llamado vida.

Epílogo: Ecos en la Eternidad

Han pasado varios años desde aquel día que cambió mi vida para siempre. Sentado en el porche trasero de la casa familiar, observo el atardecer teñir el cielo de tonos dorados y rosados, mientras una suave brisa acaricia mi rostro. Es un momento de calma y reflexión, donde los ecos del pasado resonan en mi corazón.

Recuerdo claramente el dolor profundo que sentí cuando Fernando nos dejó. Cada día era una lucha para encontrar sentido en la pérdida, para entender por qué alguien tan lleno de vida y amor pudo sentirse tan abrumado por la oscuridad. Pero con el tiempo, aprendí que las respuestas no siempre vienen de manera clara y directa. A veces, el proceso de sanación implica aceptar la incertidumbre y encontrar consuelo en los recuerdos y el amor compartido.

—Josh, ¿quieres tomar una taza de té conmigo? —me llama Margaret desde la cocina, sacándome de mis pensamientos.

Asiento con una sonrisa y me uno a ella en la mesa. Mientras disfrutamos del té caliente, compartimos anécdotas sobre Fernando, evocando recuerdos que nos hacen reír y llorar al mismo tiempo.

—Fernando siempre tenía una forma especial de iluminar la habitación con su sonrisa —dice Margaret con nostalgia en su voz.

—Sí, mamá. Aunque ya no esté físicamente con nosotros, su luz sigue brillando en nuestros corazones —respondo, sintiendo una mezcla de gratitud y melancolía.

Después del té, decido dar un paseo por el parque cercano. El lugar estaba lleno de vida, con niños corriendo y riendo, parejas paseando de la mano y personas disfrutando del día soleado. Observo a mi alrededor con una sensación de paz interior, sabiendo que cada uno de nosotros lleva consigo historias de pérdida y superación.

Me detengo en un banco bajo la sombra de un árbol y saco una vieja caja de recuerdos que he guardado con cuidado a lo largo de los años. Entre fotografías y cartas, encuentro un diario que Fernando solía llevar consigo. Con manos temblorosas, abro el diario y comienzo a leer sus pensamientos más íntimos y profundos.

En sus palabras, encuentro un alma sensible y reflexiva, luchando con sus propios demonios internos mientras intentaba encontrar su lugar en el mundo. Sus escritos revelan una complejidad emocional que nunca conocí en vida, pero también una profunda capacidad de amar y preocuparse por los demás.

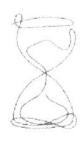

—Josh, ¿qué encontraste ahí? —pregunta John, acercándose a mí con curiosidad.

Le paso el diario y le pido que lo lea. Mientras lo hace, veo una mezcla de sorpresa y comprensión en su rostro.

—Fernando escribió sobre tantas cosas... Sus esperanzas, sus miedos, sus sueños... Nunca supimos lo mucho que estaba pasando por su mente —dice John, con voz quebrada por la emoción.

—Es cierto, John. A veces, las personas guardan sus luchas más profundas detrás de una sonrisa brillante. Pero a través de sus palabras, podemos ver cuánto nos amaba y cuánto quería ser feliz —respondo, sintiendo un nudo en la garganta mientras contemplo el cielo que se torna púrpura con la caída del sol.

Esa noche, mientras me recuesto en mi cama, reflexiono sobre todo lo que he aprendido a lo largo de este viaje de dolor y sanación. Entiendo ahora que el amor y los recuerdos perduran más allá de la tragedia. Aunque Fernando ya no esté físicamente con nosotros, su espíritu vive en cada uno de nosotros que lo amamos y lo recordamos con cariño.

Cierro los ojos y siento una sensación de paz envolverme, sabiendo que hemos encontrado una forma de seguir adelante, no olvidando a Fernando, sino celebrando su vida y el impacto que tuvo en nosotros.

—Gracias por todo, hermano —susurro hacia la oscuridad de la noche, sabiendo

que sus ecos resonarán en mi corazón por
siempre.

Mauricio Aban

Es un talentoso escritor argentino, ha cautivado a lectores con sus cautivadoras historias en la plataforma de Wattpad. Su versatilidad se refleja en tramas que exploran desde la acción hasta el romance, el misterio y el terror. Aunque ha logrado llevar algunas de sus obras a la realidad en forma de libros físicos, destaca por su perspectiva única: sus relatos nunca concluyen con finales felices.

Aban, fiel a su creencia de que los finales felices son una rareza en la vida real, teje tramas inmersivas que exploran las complejidades y desafíos de la existencia. A pesar de esta inclinación hacia finales menos convencionales, sus obras continúan resonando con los lectores, ofreciéndoles un escape apasionante de la realidad.

En constante crecimiento como escritor, Mauricio Aban persiste en su búsqueda de conectar con los lectores a través de narrativas cautivadoras. Sus esperanzas residen en que sus historias no solo entretengan, sino también ofrezcan una vía de evasión para aquellos que buscan explorar mundos fuera de lo común. Con cada palabra que escribe, Aban invita a los lectores a sumergirse en un viaje literario que desafía las expectativas y revela la complejidad de la condición humana.

🅞 abanmauricio
🅦 @mauricioaban3
🅕 /mauricio.aban